讓愛撒嬌的大姊姊教官養我，是不是太超過了？

amaetekuru toshiuekyokanni yashinattemoraunoha yarisugidesuka?

3

神里大和
插畫：小林ちさと
Kamizato Yamato
Kobayashi Chisato

Kadokawa Fantastic Novels

彩頁、內文插圖／小林ちさと

【目錄】

序章　久遠的記憶

無法言語的嬰孩發出咿咿呀呀的聲響，被「某人」摟在懷中。

嬰孩和「某人」。

在燃燒著柴火的暖爐前方，「某人」坐在木製搖椅上，嬰孩在那人懷中好像心情非常愉快。

我俯瞰著那幅情景，仔細觀察。

所以我立刻就察覺到這是夢境。

並非現實，而是夢境。

夢中的一幕。

「某人」懷中的嬰兒——也許就是我。

在我懂事時，回顧過去最初的記憶就是我被棄置在帝都的森林。

懂事之前的自己究竟在何處做些什麼，我完全不知道。

這場夢該不會就是我遺失的自身記憶吧？

我再度觀察眼前情景。

氣氛平穩的室內。

「某人」坐在搖椅上。

被摟在那人懷中的嬰孩，也許就是我。

『提爾。』

坐在搖椅上的「某人」對著嬰孩如此說道。

那嬰孩果真是我嗎？

提爾這個名字就是被棄置在帝都森林的我唯一記得的線索。

當「某人」如此稱呼嬰孩，雖然嬰孩想必還無法理解那是自己的名字，不過嬰孩還是愉快地呀呀笑著。

摟著我的「某人」，也和年幼的我露出同樣柔和的笑容嗎？

看不清那人的表情。

更正確地說，根本看不見。

我也搞不懂原因，但摟著我的「某人」，輪廓模糊不清。

全身被薄霧覆蓋，就連性別都無法分辨。

但是光從嗓音判斷，十之八九是女性吧。

——是我的母親嗎？

我當然不記得雙親的長相。

直到最近才發現我繼承了路西法的血脈，既然如此，受到路西法寵愛的女性就是眼前這位「某人」嗎？

又或者並非母親，而是其他人？

更根本的問題在於，這場夢真的是我的記憶嗎？

也許純粹只是荒唐的夢境？

我左思右想的過程中，眼前景色漸漸變淡。

嬰孩時期的我，以及溫柔地抱著我的「某人」。

那情景漸漸變淡，離我遠去。

也許清醒的時刻已經近了。

（…………）

如果這是虛假的記憶，這只是無足輕重的小事。

但如果這並非虛假的記憶。

如果這是真正的記憶。

這毫無疑問是我在追尋自身根源時的重大線索。

我本來就沒有過去的記憶。

我擁有的記憶，只包含我在人類勢力範圍內生活的種種，也就是身為「禁忌之子」的提爾・弗德奧特的記憶。

所以再讓我多看一點。

不要擅自結束啊。

我還想知道。

我體內流著路西法之血的理由。

路西法與人類留下後代的理由。

還有最終捨棄我的理由。

——

但是，夢中景色逐漸失去色彩。

離我越來越遠。

最後就在突然之間——

我在自己房間的床鋪上恢復意識。

第一章　為貪睡蟲能做些什麼

「剛才的夢……？」

我呢喃說著，撐起上半身。

這裡是米亞教官的家。

她家中分配給我使用的房間。

雖然剛醒來，但我的意識還算清晰。

也許是剛夢見那樣的夢的影響吧。

──那樣的夢。

那場夢，就好像將遠在我懂事之前，甚至還是個嬰兒時的記憶抽取出來。

我自己也沒印象的年幼時光。

探求自身根源時的重要關鍵。

不過，如同我剛才置身夢中時所懷疑的，無法保證剛才的夢境是真正的記憶。

那也許是與我完全無關的情景。

到頭來，我恐怕還是無法以剛才那場夢當作線索以得知自身的過去。

「……先起床吧。」

我決定暫且把這場夢拋到腦後，做我平常該做的事。

——家事幫傭。

在教官的家中，我負有這樣的職責。

所以，我今天同樣要早起做好準備才行。

在家事與烹飪之前，我原本打算先來一趟每天不能少的長跑。

「嗯……？」

但是在我走出房間時，突然有種不對勁的感覺。

這個家現在除了我以外，理應還有這個家的主人教官，以及目前仍於此借住的莎拉小姐，不過，我感覺不到兩者的氣息。

房內非常安靜。

我有些不好的預感。

這種事實在不可能發生——我這麼想著，走向客廳。

但客廳果真空無一人……

這時我看向柱子上的時鐘，發現我今天比平常晚兩個小時起床，讓我啞口無言。

（這下糟了……）

完全睡過頭了。

究竟是為什麼？我不記得我昨天特別晚睡啊。

「……是因為那場夢？」

因為那場夢挑起我的好奇心，令我忍不住渴望夢境持續下去。也許在那看似短暫實則漫長的時間內，我一直作著那個夢。

哎，就不找藉口了。

睡過頭就是睡過頭。

對教官實在是不好意思……

我這麼想著的時候，在桌上發現了字條。

上頭以教官的字跡如此寫著：

『小提：

你睡過頭還真稀奇。雖然想趁機教訓你，但是看你睡得那麼香，我就不打擾你直接出門工作了。』

「……叫醒我也沒關係啊。」

雖然這般體貼令人感激，不過教官對我太縱容了吧？

字條的內容還有後續。

『對了對了，姊姊好像也為了蒐集材料而出門，當小提醒來讀著這張字條的時候，你大概一個人在家吧。也許有些寂寞，但是我應該能在傍晚時趕回來，在那之前要在家當個乖孩子喔。今天我會買小提最喜歡的布丁回去。』

文中完全沒有半句責備我睡過頭，甚至還會買布丁回來給我，也太寵我了吧。

難道妳是佛陀嗎？

字條還有後續。

『啊，提醒你一件事。我不在家的時候，不可以把小夏和艾爾莎帶進家裡喔！對小提還太早了。』

我才不會。

『此外，用火一定要小心喔。我可不希望小提燙傷。』

我知道。

『如果要出門，記得鎖好門窗喔！這是為了保護小提的重要物品。』

怎麼好像為了我好，不斷提醒我要小心……

『還有喔，如果是身體不舒服才睡太晚，一定要去醫院看病喔！』

那個，再怎麼樣也不至於這麼嚴重啦……

『嗯~留言寫著寫著感覺越來越擔心了。』

咦？

『今天的工作還是取消好了。』

這樣保護過頭了啦，教官！

『不行，我還是出門工作好了。為了讓小提能夠自由自在地生活，需要賺很多錢才行。』

這方面還是為了妳自己努力吧！

『啊，還有一件事。』

到底還有什麼事？我這麼想著，將視線挪到下一行。

結果，我看見在該處寫著——

『我愛你，小提。之後傍晚見。』

教官在字條的最後如此作結。

這應該只是沒有特別用意的慣用句吧。儘管如此，「我愛你」這句話的破壞力之高，令我獨自一人逕自臉紅。

我甚至不由得偷笑，也許從第三者的角度來看很噁心

但同一時間我也不由得想，這個人還真奸詐。她明知我對她的好感，卻又不正面接納只是不停閃躲，維持這樣曖昧的狀況，卻還能寫下這種句子。

哎，這句話恐怕真的只是沒有其他用意的慣用句，其中不含一絲惡意或是惡作劇的念頭。

但正是因為如此……

（……就是這樣才更是惡劣。）

無論是好是壞都太過純真、無垢而且天真。
同時……
因為我喜歡教官的這些特色，因此無法批評那惡劣之處。
「……教官就是這種個性。」
我再次讀過「我愛你」這行文字，不禁苦笑。
無論如何，總有一天我必須成為教官願意當面說出這句話的男人。然而，我今天卻睡過頭了，真是丟臉。
今天就更加努力投入工作與訓練，補回睡過頭的份吧。
我這麼想著的時候——
「奇怪……？」
我發現字條一共有兩張疊在一起，底下似乎還有另一張字條。
「是莎拉小姐的留言？」
教官的筆跡比較圓潤，而莎拉小姐則是豪放的字跡。
所以只消一眼就能分辨這是莎拉小姐留下的字條。
我也看了一下莎拉小姐的留言。
上面寫著這樣的文字：
『心愛的提爾：

睡懶覺的壞孩子需要接受懲罰對吧？

所以啦，咿嘻嘻，我在出門前親了你一下。

吻了哪裡是祕密喔♪

啊，這件事要對米亞保密喔！』

「…………」

總而言之。

只要莎拉小姐還住在這個家，我就絕對不會再次睡過頭。我在心底堅定地發誓。

刷過牙並取回平常心之後，我先解決了洗衣和打掃等家事，之後決定出門。我換上戰鬥服，扛起狙擊槍，走出教官家的大門。

外頭天氣炙熱。

正值炎炎夏日。

雖然令人煩躁，但是厭惡也不會讓氣溫下降，只能忍耐。

不管再怎麼熱，還是得出門。

我不是為了參加狩獵惡魔的任務。今天葬擊士協會的帝都中央分局主辦了一場召集旗下年輕葬擊士的特別演習。

我是被分類為「自由型」的葬擊士，沒有固定的所屬單位，俗稱自由葬擊士。

照理來說我不需要參加這場演習，但是為了盡可能提升身體的狀況，因此之前就報名參加，並且得到上級的允許。

演習地點在帝都郊外的森林。

距離教官家不遠，只消步行十分鐘就抵達了。

「啊，提爾！嗨～！」

將近百名的年輕葬擊士齊聚於此，人群中的夏洛涅察覺了我，揮著手跑向我。這傢伙還是老樣子是個小不點。

「什麼？」「提爾也參加？」「我都不曉得」「這下子沒指望拿冠軍了。」

注意到我出現，其他參加者紛紛如此說道。

「啊哈，提爾一來大家好像都覺得掃興。」

「我現在的實力沒什麼好怕的吧？」

「雖然變弱了還是很強啊，大家才會有這種反應嘛。如果只是單純的演習，大家大概都能輕易接受，但今天偏偏就不是。」

今天並非如此。

——特別演習。

「我記得好像是生存競賽吧？」

「對，在眼前的森林裡。三人一組的小隊預定一共是三十三隊要參加。」

夏洛涅解釋道。

簡而言之，就是三十三組小隊互相殘殺直到剩下最後一組倖存者——這樣說也許太誇張了，總之是模擬戰。

這樣的演習即將開打。

我預定和夏洛涅、艾爾莎組成一隊。

「話說艾爾莎人呢？」

「這裡。」

不帶感情的輕盈細語聲傳來。

我感到納悶而環顧四周，這才發現艾爾莎正朝我走來，她身穿著雨天活動用的戰鬥大衣，還將前排鈕釦全部都扣上。話說現在可是盛夏時的大晴天喔。

「妳這什麼打扮……不熱嗎？」

「因為裡面完全沒穿，沒問題。」

「妳腦袋有問題喔？」

「只有提爾可以看一點點。」

艾爾莎話一說完，便將大衣下襬微微掀起。

照她平常的打扮，大衣底下應該要露出黑色絲襪或裙子的下襬才對，但是今天大衣一掀起來就是裸露的膝蓋與大腿……這傢伙該不會真的大衣底下一絲不掛吧？

「只要提爾命令，要我脫下大衣在大庭廣眾下袒露裸體也無所謂。」

「給我住手。」

「難道提爾不是自己的女人被人家看光就會興奮的那一型嗎？」

「不是。」

「唔……你的性癖要更異常一點，不然我很為難。」

這傢伙在鬼扯什麼？

「喂！艾爾莎！接下來就是特別演習了，不要再胡鬧了啦！」

夏洛涅無法忍受而出聲叮嚀，但艾爾莎還是面無表情，完全不放在心上。

「沒特色的小不點先安靜。」

「啥？」

「小不點太沒特色，配不上提爾。」

「妳、妳說什麼……！」

夏洛涅遭到如此毒辣的批評，太陽穴頓時青筋暴露。

這兩人還是老樣子處不來。

在天聖祭最後一起跳民俗舞蹈，似乎沒有增長兩人的情誼。

在夏洛涅與艾爾莎爭執不休時，特別演習即將開始的通知已經下達了，同時也發出指示，要求各小隊就起始布署位置。

「好，現在不是吵架的時候了。艾爾莎也快點換衣服。」

「嗯。既然提爾這樣說，我就照做。」

語畢她便走向樹叢中，大約一分鐘後，平常打扮的艾爾莎回到我們身旁。

「小不點，至少不要扯後腿。」

「哼，妳才該小心不要扯後腿。要不是提爾出面，我才不會跟妳組隊。」

「這句話原封不動還給妳。」

……這兩個傢伙交談一定要挑釁嗎？

我不禁傻眼的同時，帶著兩人前往森林深處。

因為每個小隊的起始位置都不同，首先要移動到該處。如果所有隊伍都在同一個起始地點，該處就會立刻變成人間煉獄，戰略等等都會失去意義。這個措施就是為了防止這種狀況。

森林中到處都是樹蔭，感覺起來涼快許多。

也許滿適合當作夏季的演習場所。

同時，這座森林也是我當年被拋棄的那座森林。

「…………」

當時年紀大概五歲的我，突然間發現自己待在這座森林中。

在這之後，無處可去的我在帝都四處遊蕩，最後流落到為禁忌之子開設的孤兒院，

受該處撫養。

所以這座森林說是我人生的起始點也不誇張。

但是，我這條性命的真正起始之處，當然是在更久遠的過去，並非此處的某地。

我不禁回憶起那場夢。

——提爾。

「某人」如此稱呼我，而還是嬰孩的我置身「某人」懷中，嗤嗤笑著。

那情景單純只是夢嗎？

又或者是真正的記憶？

「——提爾，停下來，停一下。」

夏洛涅這句話把我的意識拉回現實。

「我們的起始位置已經到了，再過去就超過了。」

「……是喔。」

看來我們不知不覺間已經抵達。

「你好像在發呆耶，還好嗎？」

「嗯，我沒事。」

夢境的真假就暫且拋到腦後。

「演習開始會有訊號告知嗎？」

「警笛會響。」

艾爾莎告訴我。

我將狙擊槍從肩膀上卸下，拿到手中，開始填裝每個人領到的模擬彈。演習中不能使用實彈。

近距離武器中，也不能使用開鋒的刀刃，只有鈍器勉強允許。

無論何種武器都不准瞄準頭部攻擊，只要遵守這規則，在對方喪失戰意前要怎麼痛扁都無所謂。

按照這樣的規則持續戰鬥，倖存到最後的一組就是勝利者。

「要是贏了，我就要向提爾告白。」

「不要觸霉頭啦！」

我聽著她們兩人拌嘴時——彷彿女性慘叫聲的高亢警笛聲響遍樹林。

警笛聲。

宣告多人數大混戰——生存競賽就此開始。

「我不打算偷偷摸摸撐到最後，打從一開始就搶攻吧。」

兩人點頭回應我這句話。

於是，我們開始進攻。

「嗚喔，是弗德奧特！」「拿狙擊槍還打前鋒喔？」「瞧不起人啊！」

開始之後三十分鐘。

我們順利地一一殲滅敵對的小隊。

現在這瞬間也撞見了一組。

只要打倒這些傢伙，就擊潰了十四組小隊。

我們的位置分配是我與夏洛涅打前鋒，艾爾莎負責後衛。

「喂！弗德奧特你這傢伙，竟敢玩突狙，看來很有自信喔？」

敵方小隊其中一人憤怒地衝向我。

突狙是突擊狙擊手的簡稱吧。

一般而言，應該鎮守隊伍後衛的狙擊手居然上前線來，在對方眼中也許等同於遭到輕視吧？

「憑你們的實力，我拿狙擊槍打近身戰也能輕鬆取勝——你就是這個意思吧！」

「我沒有這樣說——」

「少囉嗦！一副欠揍的表情！而且還敢瞧不起人，太有種了吧！很好啊，你這混帳傢伙！我現在就用拳頭修正你這自以為了不起的個性——咕啊啊啊啊啊！」

「大哥被幹掉了！」「大哥————！」

我用槍托打飛了衝向我找碴的傢伙，讓他昏倒。

拿狙擊槍上前鋒的理由不是瞧不起對手。以狙擊裝備擔任前鋒的理由，單純只是為了練習裝備狙擊槍時的近身戰鬥。在實戰上這麼做需要勇氣，但是在演習中練習就是累積經驗的最佳機會。不過，如果這種想法會被評為瞧不起對手的話，那我也無從反駁。

「你這傢伙！竟敢傷害大哥！」「為大哥復仇——！」

剩下兩人雖然惡狠狠地瞪向我，卻找上實力比我弱的夏洛涅和艾爾莎。正好我的體力也快要衰減了，對他們的判斷就心懷感謝吧。

「對小不點也不會手下留情喔！」

「誰是小不點啦！」

鐵管狀的打擊棍劈向夏洛涅，遭她用槌子防禦。

就在這時，另一位原本攻向艾爾莎的男人也將目標轉向夏洛涅，從她的側面發動攻擊。面對一位嬌小少女，這手段雖然卑鄙至極，但是就戰術來說當然沒問題。既然都宣告絕不留情，這點程度的戰術也是當然。

「——去死吧！蘿莉——！」

從側面殺來的男人將手中的棍棒朝著夏洛涅高高舉起。

因為注意力集中在眼前的對手，夏洛涅晚了半拍才注意到男人的突襲。

這下我也覺得可能有危險，立刻想要插手搭救。

就在這瞬間——

槍聲響起。突襲的男性頓時翻白眼倒地。

「欠我一次。」

樹幹後方。

將視線自狙擊槍的瞄準鏡中挪開，艾爾莎如此呢喃。

正是艾爾莎的支援射擊。

漂亮的一槍。

「哼、哼……我就姑且道謝吧！嘿！」

明白自己受到艾爾莎支援，夏洛涅有些害臊地道謝，同時用槌子將眼前的男人朝天轟飛。夏洛涅好歹也是禁忌之子，在能夠集中注意力、一對一的情況下，單純比拚力量絕不會輸。

「咕啊……！」

被轟飛的男人和其他同伴一樣躺在地上不再動彈。

「這樣就打敗這支小隊了。」

「輕鬆簡單。」艾爾莎從樹幹後方走出來，「都是多虧有我，對吧？小不點。」

「算、算是啦……謝謝妳救了我。」

「感覺很肉麻，希望妳不要道謝。」

「妳，妳這個人喔……！」

……為什麼要針鋒相對啦？

「話說回來，剩下大概沒幾隊了。對手應該也所剩無幾。」

「我想把提爾榨到所剩無幾。」

「閉嘴。」

「要是能倖存到最後，我想當場跟提爾做愛。」

「妳自己做。」

「好。」

「拜託不要接受。」

言歸正傳。

在這之後，我們同樣順利地擊倒撞見的小隊。如果演習中也有老練的強者參與，恐怕免不了一場苦戰，但是本次終究是僅限年輕一輩的演習競賽。年輕一輩的葬擊士就算擅長應付惡魔，但是大多疏於與人類交手的技術。就這一點而言，過去在劍術道場打下基礎的我，在直覺判斷上較為有利。

結果就是我毫髮無傷地與夏洛涅、艾爾莎一同得到冠軍。

「贏了！成功生還！」

「都是提爾的功勞。」

「沒這麼誇張吧？」

雖然我這麼想，不過仔細一算，我們遇到十七組小隊，與合計五十一人戰鬥，我個人的擊殺數就高達三十六人，要算是我的功勞好像也沒錯。

回到最初的集合地點，戰敗的小隊齊聚一堂迎接我們。

「提爾先生好厲害～！」「三十六殺好像是包含過去特別演習的最高紀錄喔！」

受到女性葬擊士溫暖的拍手迎接的同時——

「有什麼了不起的。」「只是專挑弱的打吧。」「ＢＯＯＯＯＯＯＯＯＯ～！」

另一方面，男性陣營則噓聲四起。

女性陣營對那陣噓聲感到不悅地說：

「已經很厲害了吧！」「無法坦率稱讚別人的男人真是……」「真受不了。」「有夠沒品。」「說人家專挑弱的殺，那不就等於承認自己是弱者了嗎？這樣真的好嗎？」

「吵、吵死了！」「就、就是說嘛！」「反正妳們一定也是被提爾的臉和功績給釣了！」

「啥？」「提爾先生連個性都好喔！」「和不知哪邊的猴子不一樣！」

「去死吧！這些蠢女人！」「咕……好羨慕弗德奧特。」「不要屈服啊，大哥！」

……醜陋的口角爭執似乎正上演中。

上級立刻就平定了這場騷動，表揚典禮隨即開始。

我們獲頒獎章作為冠軍獎品。

是標記著艾斯提爾德帝國國徽「雙翼之盾」的純金獎章。

變賣應該能換取足以在帝都的黃金地段買下一間宅邸的金錢吧。

未免也太大方了。雖然我絕對不會變賣。

「嗯，這就當作未來和提爾結婚的資金。」

艾爾莎嘴上說著莫名其妙的話，當然我不予理會。

「雖然想修補孤兒院，但再怎麼樣也不能典當獎章啊。」

夏洛涅似乎還保有理性，讓我安心了些。

在這之後，包含我們在內的所有參加者都領到了一個奶瓶。這個參加獎的涵義似乎是指大家都還很年輕，所以不要忘記當初的鬥志和志向好好努力……雖然奶瓶派不上用場，但既然拿到了就帶回去吧。

於是，特別演習的時間迎向尾聲。

在這之後，我到市區採購生活用品，回到教官家。

時間已經到了傍晚。

我將狙擊槍和獎章、奶瓶放在自己房間裡，隨後為客廳的冰箱補充食材。

我忙到一半的時候，莎拉小姐回來了。

「哦哦，你已經醒啦。嘻嘻嘻，一直睡到剛剛才起床嗎？」

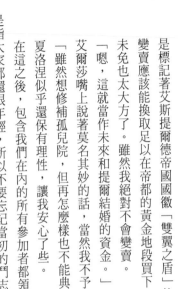

「……妳覺得我是睡美人之類的？」

「啊哈，提爾是沉睡的王子才對吧？雖然我的吻沒有喚醒你。」

莎拉小姐——莎拉夏．塞繆爾。她是教官的親姊姊，自從火災燒毀了自家後，已經有大概三個星期在教官家中大搖大擺地借住。其實她同時也是名為艾爾特．克萊恩斯的絕世工匠，但她似乎不打算動用她的經濟實力將住處移至市區的高級公寓等處。

「……話說回來，出門前的吻，妳到底選了哪裡？」

「我在字條上不是寫了嗎？是、祕、密♪」

「哎，是沒關係啦……聽說莎拉小姐今天出門好像是為了蒐集材料？」

「對對對，就是這樣。我一直在河邊找適合的石頭，不過天氣有夠熱。你看，我皮膚是不是有點曬黑了？」

「會嗎？我覺得看起來還是一樣白皙。」

她穿著無袖的貼身衣物，我仔細打量著自袖口裸露的肩頭，但沒有絲毫曬痕。也許她原本就是這種體質吧。

「是喔？那太好了。啊，不過你看，我流了好多汗。靠近一點嘛，怎麼樣？有味道嗎？嘻嘻嘻。」

莎拉小姐露出惡作劇的表情靠近我。雖然她還算有常識，但基本上個性十分淘氣，因此這類舉止可說是家常便飯。雖然我覺得很礙事。

「那個……妳知道嗎？女性對男性的性騷擾也是能成立的喔。」

「咦？該不會我現在身上的味道，真的濃到被當作性騷擾的程度吧？」

「……不是這個意思，妳太近了。」

莎拉小姐的臉已經近在眼前。

「哎呀～你害羞了耶。討厭啦～提爾真的好可愛～！」

莎拉小姐像是難以忍受般如此說著，伸手抱住我。

汗溼但誘人的香氣頓時漾開，讓我不禁有些暈眩。

「請、請放開我……！」

「偏不要～趁著妖女還沒回家的時候，我要趁現在好好補充提爾素。」

「可、可是……」

「嘻嘻嘻。提爾，我喜歡你喔。」

面露燦爛笑容，毫無徵兆地如此告白，讓我差點被射穿心房。

過去種種讓我已切身體會到了，莎拉小姐似乎真的傾心於我。

她也說過她遲遲不去尋找新的住處，最大的原因就是不想離開我身邊……

「噯，提爾，要不要一起到偏遠鄉下買間大宅邸搬進去？」

換言之，只要我決定離開這個家，她也打算離開此處，因此她不時對我提出這樣的意見。

「你不願意？」

「雖、雖然聽起來很誘人，但我不能背叛教官……」

「你又提到米亞了喔？為什麼就那麼喜歡米亞啊？真是不解風情。」

莎拉小姐嘟起嘴，神色不滿地嘀咕。

「不過，如果好感的箭頭指向米亞還沒關係吧。更正確地說，雖然不能接受，但是有這麼帥氣的男生愛慕自己的妹妹，我這個做姊姊的也覺得自豪。嘻嘻嘻。」

莎拉小姐對我展開攻勢的同時，又不時顯露身為姊姊的一面。

這同樣也是家常便飯。

莎拉小姐的個性，某些地方與我相似，懷著為了教官不惜犧牲自己的精神。

因為這一點，讓我無法討厭她。

哎，就算沒有這一點，我大概也不會討厭她吧。

「接下來嘛，這樣你儂我儂的情景萬一被妖女看見就糟糕了，是不是差不多該拉開距離了呢？」

「──妳說誰是妖女？」

一陣顫抖。莎拉小姐猛然打顫，而我也不禁肩膀猛然一震。

用不著看也知道聲音發自何人。

儘管如此，我還是轉過頭看向客廳入口，見到鬼神佇立於該處。

「我明明說過不准對小提毛手毛腳，姊姊到底要我講幾次才會學乖？回答我啊，妳是鳥類嗎？走三步就會把事情全部忘記？」

那人如此說著，緩步靠近。那張臉龐在憤怒時也同樣美麗。

——米亞·塞繆爾。

我一直以來憧憬的對象，長年來心儀的單戀對象。

「姊姊，總之請妳先與小提拉開距離。」

「怎、怎樣啦！提爾又不是米亞的東西——」

「這個藉口我已經聽膩了。不管是不是屬於我，誘惑未成年就是不應該。」

「米亞還不是一樣！」

「我、我只有在喝醉的時候才會吧！那種時候我又無法控制自己！總而言之妳先離小提遠一點！妳這隻老狐狸精！」

教官介入我們之間，使勁拉開了莎拉小姐。

「嗚哇！姊姊妳全身都是汗臭味……被這種人死纏著不放，小提好可憐……」

「提、提爾剛才明明就說我不臭！」

「……當然只是看場面說好聽話而已嘛！」

「當、當然不是這樣！對吧？提爾？我不臭吧？」

「怎麼樣？提爾。老實說沒關係喔。」

「咦？那個，這個嘛……呃，我是真的不覺得臭……」

雖然有些汗水味，但我還是覺得那是種好聞的味道。這是事實。

「妳、妳看吧！小提也說我很香！」

「真的嗎？……嗯～也許是男女對氣味的觀感不同吧？」

教官歪著頭思索時，莎拉小姐逃也似地前往客廳外頭。

「那我先去泡個澡喔！」

「啊！等等！我的說教還沒完啊……真是的，真拿姊姊沒辦法……」

萬分無奈般長嘆一口氣後，教官有些不安地打量著我。

「小提，我問你喔。你真的覺得那味道聞起來很舒服？」

「妳是說莎拉小姐？呃，是沒錯……」

「嗅覺沒問題？」

「我、我想應該不至於有問題吧。」

「嗯～不過我有點擔心。」

教官這麼說完，有些害臊地嗅著自己身上的氣味。最後，她將腋下拉高到自己的鼻間時，我看見她稍微皺起眉頭。

「噯，小提……」

「嗯？」

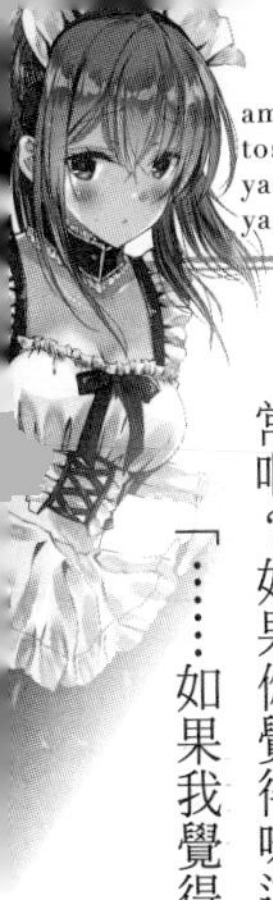

「……你可以聞一下我腋下的味道嗎？」

「啥？」

我似乎聽見非常誇張的要求。

「該不會教官有那種要求別人聞自己體味的癖好……？」

「沒、沒這回事！聽、聽我說喔！就我的嗅覺來說，我自己的汗臭味跟姊姊的沒什麼差別。所以說，要是知道小提聞起來有沒有差別，也許會有很多發現。」

「那個……恕我直言，氣味聞起來如何，其實一點也不重要吧？」

「很、很重要！」

教官猛然拍打附近的桌面。

「一定要查清楚小提的嗅覺有沒有問題！要是有問題該怎麼辦！」

「……我、我知道了。」

雖然我實在不認為這種行徑能查明嗅覺正常與否，但是為了讓過於擔憂的教官安心，我決定順從她的指示。

「不過，那個……聞、聞了腋下的味道，結果怎樣才算是正常？」

「這個嘛，嗯～這個嘛……如果你覺得味道很好聞，那就是男女間的差異，算是正常吧？如果你覺得味道很重，就是異常。」

「……如果我覺得味道很重，也有可能是教官的味道真的特別重吧？」

「沒、沒有這回事！我一定很香！」

……到底是怎樣啦？

一下子說自己也許味道重，一下子又說一定很香。算了。

既然這樣，不管聞到什麼味道都說很好聞吧，這樣一來就不會傷害到教官的自尊心，而且教官好像也會因此認定我的嗅覺正常。

「那……我可以開始聞了嗎？」

「可、可以啊。」

為什麼狀況會演變成這樣？心中冷靜的那部分如此想著的同時，我緩緩靠近教官。

「嗚嗚……」

教官似乎有些緊張，看起來神情羞澀，似乎也有些不安。也許她正在擔心萬一我說她味道很重該怎麼辦吧？自己的提議最後反而害了自己，再度證明了教官看似穩重可靠，但其實少根筋。

為了教官好，早早收拾現況吧。我這麼想著，戰戰兢兢地將臉湊向教官的左邊腋下。

「不好意思……」

「呃……請聞——啊，不行，等一下！」

「怎、怎麼了嗎？」

教官突然喊停，我把臉向後拉開。

不知為何，教官只將左手臂從上衣的袖子中抽出。

原本有衣物覆蓋的左腋，現在袒露在眼前。

教官羞怯地挪開視線的同時，稍微抬高了裸露的左邊腋下。

「那個……我想說既然要聞，乾脆直接一點。」

「呃……為什麼？」

「因、因為姊姊穿的衣服是無袖的啊，要這樣才算條件相同！」

「……不過這樣真的好嗎？就各方面來說。」

「沒、沒問題！女人就是要有膽量！」

既然如此，在她說的膽量尚未動搖之前，應該盡早讓事態收場才對。

「那麼，這次就……正式來了喔？」

我再度將臉漸漸靠近教官的腋下。

鼻尖逼近教官的腋下。

下一個瞬間肌膚觸碰，我直接猛吸了一、兩次。

「呀……！」

大概是因為直接觸碰的關係，教官有些抗拒般微微瑟縮起身子。

但我還是不停地嗅著，不久後與教官拉開一步。

「失禮了。」

「畢、畢竟是我強迫你的，沒關係……重點是……感覺怎麼樣？」

有如鼓起勇氣告白的少女，教官等候著我的回答。

我坦白說出我的感想：

「我覺得聞起來很香。」

這不是為了避免教官受傷而撒謊，實際上我聞起來就覺得很香。

雖然確實有點汗味，不過也和莎拉小姐相同。

「是、是這樣喔？呼，原來如此……」

教官像是終於放下心，鬆了一口氣。

「所以說，這代表小提的嗅覺正常吧？果然是男女的嗅覺有差異。對我來說，不管是姊姊或我自己的體味……嗯，我都不覺得聞起來是種好味道。」

教官再度嗅了嗅自己的氣味，如此說道。

「不過，也許這並非男女的性別差異，單純只是小提特別遲鈍……？」

「那個，教官……如果要懷疑這一點的話，只有去找其他男性做同樣的實驗，才能得到結論喔。」

「這、這我不要……這種事我只有對小提才辦得到。」

她說了句讓我有點開心的話。

「話說回來，小提對自己的味道有什麼感想？」

「我自己的？」

聽她這麼一說，我將注意力集中於自己的體味。

「這個嘛……因為在外頭運動過後才回來吧，我不覺得是什麼好味道。」

「會嗎？小提現在的味道我還滿喜歡的耶。」

因為剛才距離好幾次拉近，教官當然也會嗅到我的味道。而且，我自己覺得不太好的體味，教官似乎覺得是種好味道。

「這是男女間的差異嗎？」

「也許吧。我看別再對這個問題繼續深究下去了。」

於是教官為這段古怪的時間劃下了句點。

莎拉小姐自浴室回到客廳後，我和教官也依序泡澡。之後做好料理，來到晚餐時間。

我們三人圍繞著餐桌，品嚐長時間燉煮的牛肉濃湯。

「嗯~真好吃！提爾連料理都懂，真是好厲害~！」

「莎拉小姐不也懂得做菜嗎？」

「但是幾乎完全推給提爾解決啊。」

「哎，我是家事幫傭嘛。」

我並不覺得她們把家事故意推給我。

做好家事與料理，只不過是我的鍛鍊的其中一環。

「不過，這會不會造成你的負擔？」

教官憂心般如此問道。

「你今天睡過頭了吧？過去從來沒發生過這種事，我一直不覺得有什麼問題，但會不會是家事造成你的負擔，疲勞在不知不覺中累積了呢？」

「我想應該不至於。」

「但是……我很擔心。」

「又來了又來了，米亞過度保護的瞎操心。提爾沒有那麼軟弱啦。」

「這我知道。就算這樣，我還是擔心。」

真是令人感激的一句話。

我真的沒問題——在我這麼回答之前，教官抬起臉，露出滿溢著決心的表情說：

「決定了，我也要學會做家事和料理。」

「咦？」

「因為這樣就能減輕小提的負擔了吧？」

「是這樣沒錯……」

「所以我也會努力。」

「等等，可是……」

對我來說，家事和料理是為了復職所進行的鍛鍊的一環。若我能輕鬆收拾這些雜事，不讓教官操多餘的心，便是我向教官表明自身健康的一種方法。

然而，現在卻要讓教官來分擔家事幫傭的工作，我覺得這樣就本末倒置了。

所以我對教官的提議表示否定的態度。然而……

「總之就這樣了！……拜託你，好不好？讓我也幫忙好嗎？」

那認真的表情像是在懇求。

目睹那神情，我也無法再多說什麼。

教官希望自己也能為家事和料理盡一份心力。

我覺得若是否定那份動力，是件失禮的事。

更重要的是，積極提升身為女性的能力，這樣的態度對教官的未來肯定會造成正面的影響。

就在這時，莎拉小姐滿不在乎地評論：

「咦~？米亞要學家事和做菜？呵呵呵，不可能不可能絕對不可能啦。」

「妳、妳說什麼……？」

「這不是當然的嗎？米亞的料理能力堪稱毀滅性的程度，如果動手打掃只會添增髒

亂。說穿了，就是賢慧度低落到讓人傻眼。」

「是、是這樣沒錯。但是我會努力。我也覺得不能永遠就這樣下去……（沒錯。我這樣子將來要怎麼扶持小提。一定要提升賢慧度，成為真的能夠養活小提的好女人才行！）」

教官呢喃自語，作勢給自己打氣。

「不過，應該減輕提爾的負擔這一點也許是對的。光是照顧米亞一個人也許還沒問題，現在多出我這個借住的，負擔想必很大。既然米亞決定要幫忙，能幫的部分我也會盡量幫忙。」

雖然莎拉小姐這麼說，不過莎拉小姐平常就時常幫忙我。

但是她故意這麼說，目的想必就是——

「咿嘻嘻，因為只交給米亞一個人的話，提爾的工作好像反而會增加啊。」

果然，目的是為了激起教官的鬥志而故意挑釁吧。

而教官的反應可想而知——

「什、什麼嘛！這種事絕對不會發生，我會好好努力！姊姊妳給我看好了，接下來我的賢慧度肯定會蒸蒸日上！」

教官完全中了莎拉小姐的激將法，鬥志高昂。

看來這下子……

日後教官也會參與這個家的打掃與料理工作。

雖然結果將會如何，絕大部分還是未知數。

（哎……）

如果真能見到教官變得更加賢慧，我當然也非常期待。

幕間　米亞·塞繆爾的思慕Ⅰ

「噯，瑟伊迪，妳在家裡會做家事煮飯吧？」

平常的酒吧中，一如往常的女生聚會——

瑟伊迪聽我這麼問，一面喝著店長親自調的雞尾酒，一面將視線投向啜飲著無酒精冰紅茶的我。

「這是當然的啊。我也是為人妻子的。」

「妳自認做家事和料理的水準很高嗎？」

「咦？不曉得耶，就只是單純過生活而已。」

瑟伊迪平淡地回應，同時感到納悶般對著我歪過頭。

「為什麼突然問這個？咦？該不會米亞妳發起神經打算開始做家事和學習做料理吧……？」

「妳、妳這什麼反應啦！真夠失禮的！」

「因為米亞的賢慧度低到嚇死人啊。在訓練生時代當過米亞室友的我敢保證。」

「不用這種保證啦！」

「現在提爾也明白了米亞的誇張程度，我可以用這個話題跟他聊上一整晚。下次可以讓我實際試試看嗎？」

「不行！感覺一定會醞釀出危險的氣氛！」

「米亞妳大可放心啦。我只會稍微秀一下人妻的技巧而已。」

「這樣我完全無法放心！」

「咦？我只是想讓他吃我親手做的料理而已，這樣不行喔？」

「喔、喔喔……妳說的技巧是那方面的啊……」

「哎呀呀，米亞妳想像的是哪方面的技巧呀？真是下流耶～思考馬上就往那邊歪過去，是不是那個症狀啊？人家說的慾求不滿？」

「才、才不是！」

「和提爾之間還是沒進展？」

「是、是沒有……那又怎樣？」

「沒有，只是覺得提爾也滿能忍耐的嘛。」

瑟伊迪感觸良多地呢喃。

「如果我是個年輕男生，和米亞這種美豔誘人的大姊姊住在同一屋簷下，肯定馬上就撲上去了吧。」

「咦？美豔誘人……我想應該沒這麼誇張吧？」

「啥？米亞現在是和外表條件在米亞之下的所有女性宣戰了喔。」

瑟伊迪的語調不像在開玩笑。

「天生這樣的身材卻是萬年處女，我反而覺得很厲害就是了。」

「少管我……」

「米亞主動貼上去不就好了？是因為做不到，這次要改從努力做家事、學做飯的方向對提爾繼續明示暗示嗎？」

「不是，和這個無關……我單純只是想減輕小提的負擔而已。」

我不能永遠讓他來協助我的生活。

我的年紀比較大，是他的大姊姊，不可以老是依靠小提的良心。

成為能讓小提什麼事都不用做的能幹女人，就是我當下的目標。

由我來扶持。

由我來養。

對小提不造成任何多餘的負擔，我想成為這樣的女人。

「原來如此。如果是出自這種理由的話，希望妳好好加油。畢竟米亞戰鬥能力很強，照理來說手腳應該十分靈巧。既然人並不笨拙，我想家事和做菜只要抓到訣竅就能學會了。」

「妳能給我一些建議嗎？」

「呃……米亞最毀滅性地無可救藥的部分恐怕是料理。總而言之，沒事就想發揮創意的習慣請先改掉。做菜難吃的人大多是不忠實遵照食譜，才會爛成那樣。」

「……我有做過那種事嗎？」

「以前當室友的時候，烤魚不灑鹽卻淋草莓果醬的那次怨恨，我至今仍然難以忘懷。」

「啊，好懷念。」

「請不要沉浸於懷舊之情！還有米亞敲蛋殼的技術未免也太爛了吧！像大猩猩一樣把整顆蛋砸成碎片也太離譜了！」

「妳不覺得使勁敲碎應該能讓美味濃縮起來變得更好吃嗎？」

「就是這個！就是這種天外飛來的想法讓妳做的菜難吃！請忠實做好基本的步驟！和戰鬥一樣！基礎非常重要！」

「……聽起來好難喔。」

「哪裡很難？」

「哎，不過我會加油的！」

「雖然我會為妳打氣，但是前途似乎已經烏雲密布了啊……」

瑟伊迪露出一副沮喪的表情如此說道。

哼！

什麼嘛！姊姊和瑟伊迪簡直是瞧不起人！

給我看好了！

我一定很快就成為堪稱賢內助的完美女人！

第二章　夢境或幻象，抑或是魔法

又來了。

我又作了那個夢。

連續兩天。

同一個夢。

在某處的室內——燃燒著柴火的豪華壁爐前方，坐在搖椅上的「某人」將還是嬰孩的我抱在懷裡。

我在夢中俯瞰這幅情景。

「某人」摟著嬰兒的我，身影依舊模糊不清。

簡直像是記憶被封印了。

就好像……

故意讓我無法看見。

（…………）

難道這場夢其實是某個人不希望我回憶起來的記憶嗎？

不希望我回憶起來的記憶，以夢境的形式浮現在意識中？

我的記憶謎團重重。

我的記憶起始於突然被棄置在帝都的森林中，沒有這之前的記憶。

我沒有記憶，是因為記憶被封印住了嗎？

難道我回憶起過去，會對誰有壞處？

既然如此，這場夢——這份記憶，會不會其實是很重要的關鍵？

（…………）

我再度將意識投向夢中的風景。

「某人」和還是嬰孩的我。

不理會愉快地嘻嘻笑著的我，「某人」自言自語般說道：

『一定還是母親比較好吧？』

如此問道。

『我這個保姆的手，你一定不滿足吧？』

「某人」口中吐露的話語，表示「某人」並非我的母親。

——保姆。

她確實如此說道。

換言之——

（……我被棄置在帝都之前，就是被這個保姆養大的嗎？）

路西法執掌惡魔全軍的指揮權，想必沒有空閒能夠養育子女。

母親的身分仍不明，也有可能一生下我就死了。

那麼，將撫養我的工作交給保姆也絕非不自然。

到了這個地步，很難斷言這單純是一場夢。

但若聯繫現實的情況，又無法進一步。

也許真的是我被封印的記憶。

不知為何，我在夢中窺見其內容。

事到如今才窺見。

記憶呼之欲出。

也許是某些原因讓封印解開了……？

雖然充滿了謎題，但是這場夢肯定是寶貴的情報來源。

查明我過去的重要線索。

只要能見到那位保姆，是不是就能知道些什麼？

眼前的保姆恐怕是惡魔吧。

應該是路西法把我交給她養育。

既然如此肯定是上級惡魔。

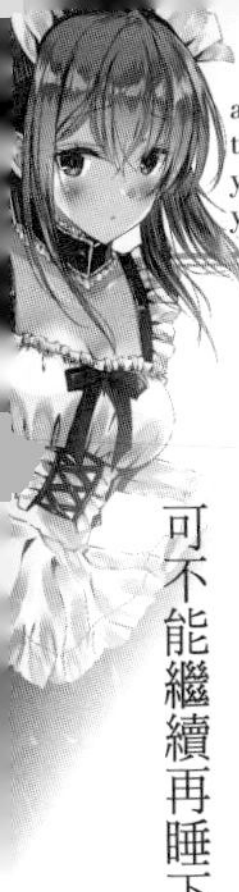

很可能現在仍然活著。

但是，因為身影模糊不清，無法分辨究竟是何種惡魔。

唯一只能從嗓音來判斷是女惡魔。

但光是這樣還無法查明這位保姆的身分。

（到頭來……）

還是什麼都不清楚。

我仍舊一頭霧水，夢境有如消融般消失。

一陣向上浮起般的感覺過後——

「——」

意識甦醒。

天已經亮了。

腦袋感覺有些迷茫。

如果直接睡回籠覺，是不是能看見中途結束的夢境的後續？

但是，那肯定是不該做的事。

（……絕不能連續兩天都睡過頭。）

況且我現在可能已經睡過頭了。

可不能繼續再睡下去。

我這麼想著，撐起身子。

我來到客廳，發現掛在柱子上的時鐘指著清晨的時間。

看來我成功免於連續兩天睡過頭的窘境。

我為這件事感到安心時……

「啊，小提，你今天沒有睡過頭啊，太好了。」

這句話傳到耳畔。

我剛才因為一心想確認時間而沒有注意到，教官已經在客廳裡了。

真是稀奇。

教官這麼早起床的情況相當罕見。

「教官早安。接下來要出任務？」

「沒有啊，不是。我不是說過了？我會努力做家事和料理。」

「喔喔……」

所以教官才特地早起想要做些什麼吧。

「我接下來想做早餐。不好意思雖然小提起得這麼早，但就先隨便打發時間吧。」

「早餐就交給教官解決？」

「對啊。」

……我很不安。

但我也不能給教官潑冷水，因此選擇保持沉默在旁守候。

我坐到椅子上的時候，教官取出了小麥粉。

「教官打算做什麼？」

「麵包。」

「…………」

為什麼要選麵包？就連習慣做料理的人也無法輕易製作麵包，為何教官打算挑戰這道難關……

「總之要從麵糰開始做起吧。嗯～把小麥粉通通放進大碗裡，接下來加很多水～」

米亞教官製作麵糰時完全沒用計量器，完全憑著自己的感覺在拿捏分量。

糟糕了，想插手幫忙的衝動不斷湧現。

但是我已經決定要沉默守候，我告誡自己一定要默默旁觀。

「接下來……呃，只要揉捏就好了吧。」

教官開始揉捏大碗中的麵粉。大致成形後，她將那塊麵糰放進調理用的布袋中，將布袋擺在地上，在上頭用腳踩踏。靠體重揉捏麵糰沒什麼好奇怪的，看起來也漸漸成形了。

「呀！」

就在這時——

踏步踩踏的步調亂了，教官跌坐在地上。

「痛痛痛……」

看起來沒有受傷真是太好了。除了一個問題。

因為教官的屁股跌坐在地上，正好變成對我張開大腿的姿勢。

教官已換上工作用的戰鬥服，緊身短裙的裡側一覽無遺。

——黑的。

「呀……！」

第二次的尖叫就是因為她注意到裙底被我看光了吧。

教官夾起雙腿的同時，對我投出閃爍著淚光的視線。

「你……看見了吧？」

「事、事情發生得太突然，我來不及挪開視線……」

「……小提好下流。」

雖然不講理地被扣上一頂不名譽的帽子，不過這也是沒辦法的事……

不久後教官鎮定下來，站起身在麵糰上繼續踩踏。

這時剛起床的莎拉小姐現身。

「啊，提爾早啊。你今天有好好早起，很了不起喔……話說米亞在幹嘛？」

「看不就知道了？我在做麵包。」

「為什麼料理蹩腳的人都會想做特別麻煩的東西啊？在家庭中，隨手做好樸實菜色才是真正寶貴的技能耶。」

「咕啊……」

莎拉小姐這句話讓教官受到打擊……教官的想法大概是想要盡可能展現她賢慧的一面，所以才選了麵包這項料理吧。因為這一點遭到全盤否定，讓她這下子無言以對。

儘管如此，在大眾的認知中，教官的形象依舊是「沉穩冷靜又可靠」。

「給、給我住口，姊姊……等妳見到完成品，小心不要被嚇破膽了。」

「嘻嘻，那我不抱持期待地等著。」

莎拉小姐挑釁般喃喃說完，在我身旁的椅子坐下。

「那麼，提爾。接下來提爾就和莎拉大姊姊一起抓著麵糰揉揉捏捏吧？」

「啥？」

「你看，這裡不是有兩大團麵糰嗎？」

莎拉小姐說著，像是要凸顯那豐滿的胸部般雙手抱胸。

「妳、妳在說什麼……」

「用不著害臊喔？來，就是這個，拜託用提爾的手使勁揉一揉。」

「──姊、姊姊！」

「咿嘻嘻，米亞好可怕喔～只是開個玩笑嘛。」

「騙人！要是我沒有插手阻止，妳就打算趁機讓他揉吧！」

「是啊。」

「果、果真不能鬆懈……」

教官踩踏著麵糰，氣喘吁吁。

「總、總而言之，妳乖乖坐著看好了，我會證明我的廚藝絕對不差！」

在教官如此宣言後，過了十分鐘。

「……慘不忍睹嘛。」

莎拉小姐滿懷無奈地如此說道。

我的眼神大概也一樣。

——室內瀰漫著黑煙。

這是為了烤麵包，教官將石窯的火力開得太強造成的結果。

雖然差一點就釀成火災，但我們趕忙用桶子潑水熄火。

「不該是這樣……」

看著石窯吐出冒著黑煙的殘渣，教官十分沮喪。

「……剛才明明還很順利。」

「那個……話說教官，妳在烤之前沒有讓麵糰發酵吧？」

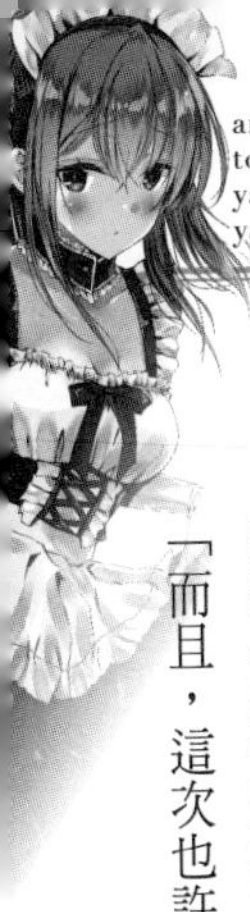

「啊。」

「就算火力調節成功了，我想恐怕也不會做出美味的麵包。」

「咻……」

教官心中所受的傷害之深，讓她不禁發出心情沮喪時的音效。

「今天我要請假……」

「咦？」

「……反正今天的預定行程只有葬擊士協會要我花半天給人家訪談做宣傳文件，就算休息對治安也不會有任何影響。」

「但是休假時妳打算做什麼？」

「雖然沮喪，但我並沒有放棄。」

「……所以說？」

「為了努力參與家事與料理，我會盡我所能去做。」

說完，教官二話不說開始收拾殘局。

盡我所能是指……？

「……看這反應，是不服輸的個性又來了吧。」

莎拉小姐傻眼地呢喃。

「而且，這次也許是比平常更麻煩的那種。」

「這是什麼意思？」

「陷入這種情況後，米亞總是會從表面開始重新做起。」

莎拉小姐把手擺在我的肩膀上。

「加油啊，提爾，你大概會被牽連吧。」

「是喔……」

雖然搞不懂她是什麼意思，但我還是隨便點頭回應。

在這之後。

最後還是由我準備簡單的早餐，平穩的早晨時光過去之後——

「小提，晚一點你能不能陪我去買點東西？」

真的請假不去工作的教官對我這麼說。

莎拉小姐說的牽連，指的是這趟購物嗎？

「可以啊。」

我認為這點程度沒什麼問題，爽快答應她。

於是我換上便服，與教官一同出發前往帝都市區。

「這裡就是目的地？」

「對啊。」

不久後，我和教官一同造訪一間家務工作者的服裝專賣店。

簡單說就是女僕與家僮、管家等等幫傭類工作者的工作服專賣店，店內販售的品項十分豐富。

為什麼有事要來這種地方……？

「好了，小提，我們進去吧。」

教官拉著我的手，我們走進店內。

店內當然陳列著許許多多幫傭類工作者的服裝。

我發現教官的腳步似乎朝著女僕裝的賣場移動。

到了這地步就連我也懂了。

莎拉小姐所說的「米亞總是會從表面開始重新做起」的意思是——

先把自己打扮成女僕，也就是家事與料理的專家吧？

……真的假的？

「嗯，有很多種能選耶。」

抵達女僕區的瞬間，教官心滿意足地點頭。

「接下來，就請小提來幫我選吧。」

「要我選？教官是說選女僕裝？」

「除此之外還有什麼？」

「……是沒有啦。可是，為什麼要我來選？」

「這個嘛，既然要買，就乾脆配合小提心中好色的慾望嘛。」

「我、我沒有這種嗜好……」

「呵呵，開玩笑的啦。不過希望你幫我選適合我的款式，這部分是真的。」

「那個，我先確認一下……真的要買女僕裝？」

「要買啊。先把外觀打理好才能重新開始。」

看她擺著正經八百的表情如此說道，恐怕不是開玩笑吧。

「好了，小提，你會幫我選出適合我的款式吧？」

「呃……」

我有些迷惘地點頭後，首先看向那一整排數不清的女僕裝。

要我從中選出適合教官的某一套，是不是太強人所難啊？

「……乾脆全部試穿看看怎麼樣？」

「啊，那就這麼辦吧，感覺也滿好玩的。」

因為教官也接納了這個提議，於是我們決定試穿所有的女僕裝，最後再買下看起來最合適的那一套。

首先請她試穿的是常見的連身長裙女僕裝。

我們移動到試衣間前方。

「那你稍微等一下喔。」

教官走進試衣間，我則在外頭等她換好衣服。

「不可以偷看喔！」

「我不會偷看。」

更衣室內開始傳出布料摩擦聲，同時教官對我說道：

「小提真是乖孩子呢。是男生都會想偷看吧？」

「我不會。」

「意思是我沒魅力？」

「教官渾身上下都充滿魅力，但那是無關的兩回事。」

「這、這樣喔……」

教官的語氣有些害臊。

「……雖然小提時常稱讚我，但是你講這種話都不覺得害臊嗎？」

「不會。對教官說的話，我都能抬頭挺胸說出口。」

因為我認為，想傳達的心意唯有這樣才能傳達。

所以，能不能請教官大大方方說出妳對我的想法——但這種話我說不出口。

強迫攤牌可能扭曲彼此的關係，唯獨這種下場一定要避免。

「小提真是了不起……這對我來說真的……」

教官先是有些歉疚地如此呢喃，隨後像是為了提振精神而說道：

「好，好了！話說回來，小提，我已經換好了。」

「既然這樣，可以請教官秀給我看嗎？」

「可以啊，那我要拉開拉簾了喔。」

如同她的宣言，拉簾下一瞬間便被拉開，教官那身裝扮展現在我眼前。

「——唔！」

瞬間，我的心臟在胸口急速跳動。

「歡迎回來，主人♪——開玩笑的啦。」

語畢，身穿連身長裙女僕裝的教官露出羞赧的笑容。

（好、好可愛……）

身穿正統派女僕裝的教官所發揮的破壞力遠在我的想像之上。

白色荷葉邊純潔動人，頭戴的髮箍也嬌憐可愛。

可愛程度能與之匹敵的事物，在這世上恐怕不存在。

這般嬌憐可愛的模樣，令我如此認定。

要是這樣的女僕就在自家，我恐怕每天工作結束都會趕著回家。

「怎、怎麼樣？適合我嗎？」

「非常適合。」

「是喔？……那就好。」

教官看起來有些害臊，同時也很開心。

見到教官這樣的反應，我將另一套女僕裝遞給她。

「接下來換穿這套就可以了嗎？」

「還有其他能試穿的，就請教官當作時裝秀吧。」

「呵呵，我明白了。」

於是——教官的七彩變身開始了。

「這套……比想像中要短耶。」

第二套——迷你連身裙的女僕裝。

「我要穿這套有點超齡了吧……？」

「不，我覺得很棒。」

雖然只是把起初的連身長裙女僕裝的裙子改成迷你裙，但是裙襬縮短後，教官的過膝襪創造出俗稱的絕對領域，發揮優秀的吸睛效果。過膝襪的上緣凸顯了大腿的豐腴肉感，雖然絕對不能說出口但真是太讚了。

坦白說，教官的絕對領域平常身穿戰鬥服裝扮就時時能瞧見，但是出現在女僕裝這種用途特殊的裝扮上，更是另有一番風味。

更重要的是，那種逼自己硬是穿上的感覺最棒了。教官羞得扭扭捏捏的模樣彷彿在說：「這種嬌滴滴的迷你裙女僕裝，怎麼可以穿在我身上？」這模樣更是教人心動。就照這個步調請她繼續下去吧。

「──哎呀，這套感覺頗雅緻的。」

第三套──和風女僕裝。

設計上類似於將和服與迷你裙結合，裸露程度和剛才的迷你裙女僕裝相去不遠。但因為加入和風要素，穿起來透著高尚雅緻的氛圍。雖然穿在教官身上依舊難掩性感，但看起來不失楚楚可憐，真是不可思議的設計。或者該說看起來穩重多了。

大概是出自這些原因，教官看起來不若剛才那樣羞澀，態度比較落落大方。

「嗳，小提，就選這件應該不錯吧？」

「嗯……」

「咦？不好嗎？」

「不，是很合適沒錯啦……」

沒錯，合適這點毋庸置疑。

教官看起來也滿中意的。

但就是不對。

不是這樣。

態度太大方了。

我希望再多一點羞澀感。

於是在那之後，我請教官穿過形形色色的女僕裝——

然後，我將最後一套試穿服裝遞給教官。

「這、這真的是女僕裝……？」

「既然展示在這裡應該算是吧……」

但是這套服裝是否是女僕裝，我自己也不禁懷疑。

至於這是何種款式，一言以蔽之就是——泳衣女僕裝。

設計就如其名，是將泳衣妝點得有如女僕裝的衣物，不過，不管從哪個角度看都是泳裝。肩帶處妝點著最起碼的荷葉邊，除去這部分就只是一套比基尼泳裝。

「不、不過……也許這套穿起來最適合我，我還是姑且試穿看看吧……」

米亞教官臉上透出的羞赧更在我追求的程度之上。

不過這樣算得上有點可憐了。

「那個……真的不用勉強自己穿喔。」

「不會，沒關係。」

教官果敢地說完，對我拋下一句「你稍等一下」便關上拉簾。

然而——

「小提……」

教官從拉簾的隙縫中探出頭，露出一張不知所措的臉龐。這情景我似曾相識。

「怎、怎麼了嗎？」

「那個，小提……帶子……」

「帶、帶子？帶子怎麼了嗎？」

「太緊了……我綁不起來……」

意思是比基尼的肩帶沒辦法順利綁起來嗎？

「那個……既然教官露出臉來，意思是要我幫忙綁？」

「……可以拜託你嗎？」

「這個嘛……教官覺得沒關係的話，我可以。」

「我沒關係，你進來吧？」

「我、我明白了……」

只、只是綁條帶子而已。很單純。

我告誡自己不要湧現奇怪的念頭，走進教官的試衣間。

然後——

「呃……」

預料之外的情景躍入眼簾。

我不由得發出怪聲。

——教官穿上了比基尼泳裝。

聽她說帶子綁不起來，一般都會直接聯想到上半身的肩帶吧。

綁帶在背後，沒辦法順利綁緊。

但不是。

事實並非如此。

教官口中「綁不起來」的帶子指的其實是——

「你看這邊……」

是下半身。

倒三角形的布料。

近似內褲。

兩端必須用綁帶固定的下半身服裝，無法順利綁緊。

而且左右兩側都沒綁住。只是教官現在用手壓著，比基尼才沒有掉下來，一旦教官鬆手，教官的下腹部肯定會袒露在我面前。

「為、為什麼綁不起來啊……？」

「不知道，好像綁帶長度差了一點點……」

聽她這麼一說，定睛一看兩端綁帶的長度確實不對勁。

大概是瑕疵品吧。我應該要仔細檢查過再給她的。

「那個……教官，這套還是直接找店家換新的吧。」

「……該不會本來就壞了？」

「應該是。」

「什麼嘛……這樣的話根本沒必要拜託小提幫忙……」

教官的雙肩垂下，如此說道。接著，她抬起眼看向我。

「……不好意思喔，讓你一起進試衣間，害你平白無故為此害羞。」

「不、不會。不用在意……」

害羞的人明明是教官吧。

穿著布料面積絕對不算大的比基尼，站在我面前。

豐滿的胸部。

纖瘦的腰身。

毫不遮掩地大方露出可愛的肚臍。

臉龐當然是一片通紅，視線漸漸逃離我。

那模樣真是太過可愛，讓我為之怦然心動。

為什麼這個人可以可愛到這種程度啊？

這樣的二十六歲女性肯定絕無僅有。

「……教官還是老樣子，這般惹人憐愛。」

「什、什麼？怎麼了？突然講這種話……」

「不好意思……看著現在的教官，不由自主就想這樣說……」

「真、真是的，對這種老女人講什麼鬼話……」

像是難以忍受般別過臉。

但是眼角餘光仍然緊瞅著我。

教官發自內心喜悅般如此回答：

「但還是謝謝你。我很高興。」

光是這句回答，我的心就已經徹頭徹尾得到滿足。

在這之後。

換了一套綁帶正常的泳衣女僕裝請教官試穿後，教官的七彩變身圓滿收場了。

「所以最後該買哪套才好？」

換回便服的教官對我問道。

購買我覺得最合適的女僕裝。

這個決定權現在落到我手中了。

老實說每一套都各有優點。

不過我心中已經有了明確的結論。

「那就買迷你裙版的女僕裝。」

「啊……不是泳裝喔？」

「……教官把我當成什麼了？」

「年輕的……男生。」

「是沒錯……」

是這個理由的話，妳又把年輕男生當成什麼了？

如果被她當成滿腦子性慾的人，那還滿傷心的。

「不管怎樣，請買迷你裙版的女僕裝。」

「小提覺得那件最好？」

「因為那件最合適。」

「就這麼單純？」

「就這麼單純。」

不過坦白說，其中也暗藏著無法對教官說出口的理由。

那理由——一言以蔽之就是「硬撐裝年輕」的感覺。

剛才教官穿上迷你裙女僕裝時，渾身洋溢著強烈的「硬撐裝年輕」的感覺。

年近三十的大姊姊強逼自己穿上那身裝扮的感覺，在迷你裙女僕裝時最顯著。

其實每一件都差不多吧？要這樣講其實沒錯。

況且，光論教官本人的羞恥度，穿上泳衣女僕裝時大概最讓她害臊吧。

不過「硬撐裝年輕」和「害臊」其實似是而非。

害臊就只是覺得害臊而已。

這樣的反應當然也很棒，但是「硬撐裝年輕」的等級更高一階。

唯獨活在青春與成熟的狹縫中的年近三十的女性才能醞釀這般不相稱的氛圍。

那就是「硬撐裝年輕」的感覺。

明知道「這樣子未免太不符合自己的年紀了」，卻又不情不願地穿上女僕裝，一心想遮掩著有些難堪的氣氛，對我展現那身裝扮。

穿上迷你裙女僕裝的教官完全就是這樣。

所以我要請她買下這套迷你裙女僕裝。

——就這麼單純。

「那……我就買迷你裙的款式喔。」

教官顯得有些不情願。

那表情像是在說：「偏偏要挑這一套？」

我就是希望妳買這一套。

「……嗳，小提，長裙版的女僕裝或是和風女僕裝應該也不錯吧？」

「不行。」

「我覺得泳裝那套也還可以接受——」
「不行。」
「……小提好像個性其實有點S喔。」
「沒、沒這回事……」
「你該不會覺得只要耍賴，什麼要求我都會照單全收吧？」
「……我沒這樣想。」
「話先說在前頭，我可不是任人擺布的那種女人喔。」
「……意思是教官決定不買迷你裙女僕裝？」
「還是會買啊。」
還是要買喔？
「因為這是小提為我選的啊，也只能買了吧。」
教官嘴巴上雖然那樣說，但實際上很容易搞定。
「呼～這樣一來這次的購物就結束了——接下來……」
教官付帳之後，不知為何邁步走向試衣間。
「那個，為什麼要進試衣間？」
「咦？既然買了就要穿啊。」
「……啥？」

我先是一頭霧水，緊接著詢問：

「教官說的要穿……不是指回到家再穿，而是現在就穿著回家？」

「對啊。」

……騙人的吧？

「因為我是為了從外表重新做起才來買女僕裝。我要成為女僕才行。況且，有些女僕不是也會直接穿著女僕裝就上街嗎？所以我想仿效。」

「請、請先等一下！無論如何請打消這個念頭。」

若是教官穿著女僕裝出現在大庭廣眾間，肯定會引發號外級的大騷動，這麼說一點也不誇張。肯定會冒出無謂的流言蜚語吧，這不會是好事。

教官大概也明白這一點，在我攔阻之後她似乎鬆一口氣。

「說、說得也是……還是別這樣比較好。」

「是的，絕不能朝著全方位展現教官的女僕裝扮。」

「……意思是要我知恥？」

「不是，只是我個人不希望任何人都能見到教官穿女僕裝的模樣。」

「這是……什麼意思？」

「意思是，這麼寶貴的模樣我希望只有我一個人獨占。」

我坦率地說出口，教官轉瞬間就滿臉通紅地垂下臉。

「是、是喔。是這樣喔……」

隨後她對我拋出帶著些許狡黠笑意的眼神。

「……如果我成為了小提的女朋友，會被你綁得很緊嗎？」

「這、這個嘛……我不曉得。」

因為教官口中突然蹦出「如果我成為你的女朋友」，讓我難免心神不寧。

教官……願意成為我女友的日子真的會到來嗎？

還是老樣子，搞不清楚她的真心話。

如果能直接開口問清楚就好了，但很遺憾我沒有這種膽量。

儘管人稱我是「七翼」怪童，還是有不拿手的領域。

戀愛相關就是我最不拿手的部分。

「…………」

「…………」

我們都沉默了一段時間。

氣氛尷尬。

無法期待第三者伸出援手的狀況中，率先掙脫那股尷尬的教官打破了氣氛。

「總、總而言之，先離開店裡吧。」

「說得也是。」

「馬上就要中午了，吃點東西再回去吧？」

「呃……就依教官的意思。」

「既然這樣，有間義大利麵餐廳最近風評不錯，去那間吧？」

教官抓住我的手。

我被她拉著走。

這種不顧一切的積極，再次拯救了我。

打從訓練生時代就是這樣。

在那個對禁忌之子的偏見與歧視仍然殘留的時代，教官總是像這樣不顧一切，積極地與我交流。

總是走在我前頭。

如果我有朝一日會和教官交往，主導權想必都在她手上吧。

只有這點我敢斷言。

教官口中最近風評不錯的義大利麵餐廳，是間比較高級的餐廳。雖然不至於需要穿正式禮服入場，不過也洋溢著優雅的貴婦會來此暫時休憩的氣氛。

換言之，是間非常安靜的餐廳，我們並未受到眾人注目便順利就座。

事到如今仔細一想，這趟外出難道不算是約會嗎？

也許教官心裡也正開始注意到這一點，顯得有些心神不寧。

「噯、噯，小提，雖然都已經進店裡了，但義大利麵真的好嗎？」

「既然都交給教官選了，我沒有什麼意見。」

聽我這麼說，教官的神情漸漸轉為鎮定。

「這次我來付帳，你不用在意價格，儘管點想吃的就好。」

聽她這麼一說，我反而介意起價錢了。

盡量選個便宜的菜色吧。我這麼想著，開始瀏覽菜單。

就在這時——

「哦，這地方還真涼快啊。大概是用萬年冰和送風機讓店內降溫吧？」

——新的顧客入店。

那道嗓音我有印象。

雖然認為不可能，但我還是將視線轉向入口處，出現在該處的人物正是——

「嗯？哦哦，這不是提爾小弟和大姊嗎？」

「路米娜小姐。」

帝國五大貴族之一的波普威爾伯爵家的千金小姐，同時是惡魔研究領域的頂尖學者，她本人就站在該處。

我原以為她是獨自出現，但她領著我前些日子遇見的那群少女研習生。

身穿實驗白袍的一群人魚貫走進義大利麵餐廳的情景，除了滑稽外無以形容。

「啊，提爾先生在耶。」「米亞小姐也在。」「該不會是在約會吧？」「好浪漫喔～」「好嚮往～」「相比之下我們幾個……」「全都是女的毫無幻想的餘地！」

研習生們七嘴八舌地說道。

「這、這並不是約會喔……？」教官姑且如此否認以維持風評的同時，路米娜小姐一行人被帶到我們旁邊的餐桌。

「哎呀，真是抱歉啦，大姊。人家一定打擾到你們的約會了吧？」

謝罪的同時滿臉奸笑。

像是突然撞見有趣的狀況。

「我、我重申這不是約會。」

「是喔～不是約會啊？只是吃頓飯？提爾小弟怎麼看？」

「哎……的確不是約會。」

也許實質上是約會，但外出的名義並非如此。況且，要是回答約會應該又會被她戲弄，為了不成為她的玩具，現在還是否認吧。

「是喔？一對男女在時髦的餐廳用餐，在人家看來就是約會了啊。不過啊，既然不是約會，那我們就大大方方在你們旁邊用餐吧。」

「話說路米娜會來這種餐廳吃飯還真稀奇。我對妳的印象是成天窩在家裡默默啃著罐頭。」

「妳這種印象不嫌太失禮了嗎？唉，雖然人家也無法否認就是了。」

「無法否認啊……」

「今天只是這群小女生吵著要來，人家才好心帶她們來而已。明明都下定決心投身研究了，這群小女生還沒有放棄女人味啊。光是見到提爾小弟就吱吱喳喳吵個沒完。」

「所長還不是差不多。」「就是說嘛！」「剛才看到提爾先生的瞬間，明明把那頭亂髮稍微整理了一下吧？」「真可愛耶。」

「妳、妳們在講什麼！人家怎麼可能做那種事！」

路米娜小姐手足無措，還真是稀奇。

「哎呀，沒想到路米娜還有顆少女心。」

教官看準時機也出言戲弄路米娜小姐。

「妳、妳們幾個幹嘛圍攻我一個啊……提爾小弟聽我說，真的沒有喔！人家可沒有整理髮型！」

「用不著整理，路米娜小姐本來就很可愛了啊。」

我也順勢有些惡作劇地如此說道，路米娜小姐聞言，轉眼間就滿臉通紅，舉起雙手遮住臉。

「這裡全部都是敵人！」

在這之後——

我們先點了義大利麵，開始用餐。

「啊，對了，提爾小弟還有大姊，趁現在正好有件事先告知你們兩位。」

路米娜小姐已經完全恢復了平常心，用叉子捲著麵條的同時低聲說道。

「附近有東西在喔。」

「妳說的東西是指什麼？」

「人家的魔結晶有反應啊。」

路米娜小姐指著她掛在脖子上的小石子。那石子正散發淡淡光芒。

「那是什麼？」

「魔結晶——簡單說就是會對惡魔的氣息有所反應的石頭。據說是對惡魔翅膀振動時發出的高頻率波起反應。」

「我還是第一次聽說。妳從哪裡弄來這種東西？」

「來自阿斯提拉魯多神農國的走私品。」

「阿斯提拉魯多？妳是說亞人領域的那個？那邊對人類領域鎖國很久了吧？」

「所以是走私品啊。據說這塊魔結晶是用妖精族的魔法構築的，對我們人類而言完全搞不懂內部原理。哎，正因如此才神祕又有趣吧。」

有人說越傾心於科學的人，越容易相信神的存在。正因為路米娜小姐平常腦袋裡老是在想些複雜的問題，才會買下那種走私品吧。

「所以說，既然那個有反應，就表示帝都裡有惡魔？」

「既然是對翅膀振動起反應，人家認為並不是在這裡，而是目前正在靠近中的反應。也有可能是原本躲在附近的惡魔正在遠離。」

「只有我們知道這情報？」

「人家也有聯絡上頭。不過當我提出情報來源，上頭馬上就嗤之以鼻，根本不當一回事。」

「哎，情報來源只有走私品的話，確實不太可靠。」

「大姊也懷疑？」

「坦白說是。」

「嗯～這樣喔。不過啊，魔結晶的可信度人家也不太清楚，人家也覺得當作參考就好了。」

「不過姑且還是提高警覺吧。」

我也覺得先放在心上比較好。

在這之後，我們品嚐了義大利麵，和路米娜小姐一行人告別。

我和教官一度打算踏上歸途，但因為天色還很亮，便決定在市區四處逛逛。

「光有女僕裝也許還稍嫌不足。」

為了從外表重新打造家事與料理技能，也許還欠缺了某些東西吧？

教官如此認為，帶著我來到雜貨店。

我們在該處買齊了掃把與抹布等打掃用具之後，教官心滿意足地微笑。

「這樣就差不多了吧……好，手邊行李越來越多了，找地方休息一下吧？」

「要找間咖啡廳？」

「嗯～現在天氣這麼好，就在外頭休息吧？」

因為教官這麼說，我們便走向位在市區中央的森林公園。

占地寬廣的森林公園中有經過修整的雜木林，也有能自由奔跑的草坪廣場，廣場旁有片偌大的池塘，由這三個要素所組成。

我和教官在池畔的樹蔭坐下，長長吐出一口氣。

「這裡滿清幽的……或者該說完全沒別人耶。」

「畢竟是平日，而且天氣又熱。」

「這樣說也有道理。大家都在室內工作，或是在休息吧。」

我想也是。

不過只要待在樹蔭下，戶外也夠涼快了。

當下的我們就是證人。

「呵呵，沒有其他人在感覺真不錯。這麼廣大的空間，現在只屬於我們。」

米亞教官露出孩子氣的表情。

雖然與莎拉小姐相比之下不太明顯，但教官也是有淘氣的一面。

「噯，小提。要是全世界的人都消失，只剩下我們兩個，你會怎麼做？」

「咦？」

「如果現在這個狀況變成理所當然，小提會怎麼做？」

「這……我也不知道。」

「只有兩個人的世界，你會覺得很寂寞？還是很開心？」

「也許會開心，不過感覺也會寂寞……」

「那麼，到時候就我們兩個來創造新的家人吧？這樣一來就不寂寞了。而且我也想要小孩子。」

「小、小孩子……」

這個人真的知道自己在說什麼嗎？

我這麼懷疑時，不出所料，那似乎是未經思考就脫口而出的話語。

「啊……我、我也真是的，到底在說什麼啊。啊哈、啊哈哈……」

「哈哈……」

乾笑撐場。

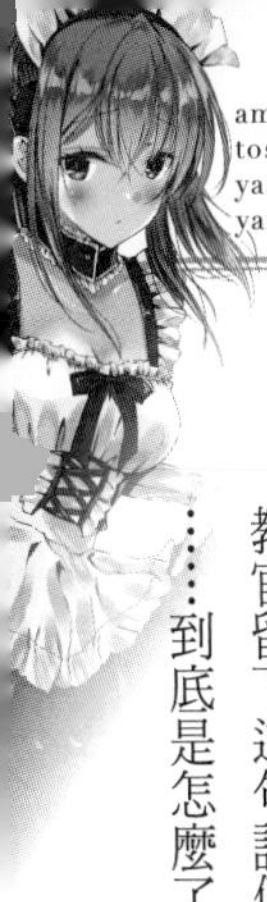

要自爆請不要波及到我。

「哎，這、這就先放一旁。這座公園現在好像被我們包場呢。」

教官像是要重頭來過般輕聲說。

「你看，像這樣躺下……啊～好舒服。」

教官平躺在草地上。

我也學她躺下。視野從水平方向轉變為垂直方向，映入眼簾的是搖曳的綠葉以及葉片隙縫間隱約可見的藍天。感受著樹蔭下的涼爽，沐浴在輕撫般的療癒微風中，洋溢著綠意的香氣讓心靈漸漸沉靜。

可以不用在意任何人的視線，這種情境其實不多。在郊外還另當別論，在市區內這種狀況真的很稀奇。

「怎麼樣，感覺很舒服吧？」

「……嗯。」

「既然這樣，小提，你對更舒服的情境有沒有興趣？」

「是指什麼……？」

「稍等一下喔。」

教官留下這句話便站起身，走進附近的樹叢中。

……到底是怎麼了？

更舒服的情境究竟是……？

「小、小提？」

過了一會兒——

似乎有些緊張，但也像是在捉弄人似的，教官異樣高亢的呼喚聲傳到耳畔。

她的語氣彷彿做好了某些準備，讓我有些緊張。

「……怎麼了？」

回應她的呼喚時，我撐起上半身。

緊接著我將視線轉向聲音的來源——

「——咦？」

我不禁懷疑自己的眼睛。

「妳、妳在幹嘛啊，教官……？」

「看、看起來怎麼樣？」

站在該處的是身穿迷你裙女僕裝的教官。

我沒看錯——教官不知為何搖身一變，成為女僕了。

教官有些害臊地垂下視線，緩緩地靠近到我身旁。

「你、你覺得看起來還可以嗎？」

她第二次詢問我的感想。

但是我沒有回覆她的問題，只是一直瞪大了眼睛。

「為、為什麼要穿那件……？」

疑問揮之不去。

等等，打扮本身當然非常棒。

在我選擇那套女僕裝時追求的「硬撐裝年輕」的感覺確實藏也藏不住。

簡直無從挑剔的完美裝扮。

……不過，為什麼現在要穿上這套服裝？

教官在我身旁用類似跪坐的姿勢坐下，她的表情依舊羞赧，開口回答我的疑問。

「……因為沒有別人在，我想說稍微放縱一點也沒關係。」

「這絕對不是『稍微放縱』……」

「……我想說應該能療癒小提。」

「這、這份體貼我是很開心，但是萬一被人看見要怎麼辦？」

「這個嘛……哎呀，現在從遠方看過來也無法輕易分辨我是米亞．塞繆爾吧，只要馬上躲起來應該就能平安過關。」

哎。

要這樣說的話，確實是有點道理。

「話說回來……小提，你想不想試試看這個？」

教官說完，從女僕裝的口袋中取出了掏耳棒。

我想應該不需要猜測了，教官恐怕就是為了活用那項道具，才為我建構當下這般情境。

但是——

「……什麼時候準備的？」

「在剛才的雜貨店，和其他東西一起買的。」

教官的事前準備也太充分了。

「這先不管，小提，要還是不要？」

大概並非故意吧，教官裝可愛般歪過頭，對我追問。

「要掏耳朵嗎？」

「那、那就拜託了……」

我沒辦法拒絕。

無法拒絕。

在這舒爽宜人的環境讓教官掏耳朵絕對非常舒服啊。

這麼一想，拒絕這個選項就從腦海中被抹去。

「呵呵……老實一點很好喔。」

教官愉快地微笑，隨後更加投入女僕的角色中。

「那麼主人，您可以把頭枕在我的大腿上嗎？」

輕聲耳語。

以主人稱呼。

而且還用敬語。

簡直是滿漢全席。

我雖然覺得害臊，但還是把頭枕在教官的大腿上。

因為正好擺在絕對領域的位置，頭部後方直接貼著教官的大腿。

彈性相當舒適。

「那麼主人，您希望我從哪邊的耳朵開始清理呢？」

「呃……從左邊開始。」

「我明白了。那麼請將左耳轉向上方喔。」

對喔，仰躺不行。

我轉動身子讓左耳朝上。

於是右臉頰就直接壓在教官裸露的大腿上。

好、好棒啊……滑溜溜的又好軟……

「哎呀，不可以想些不該想的事喔！」

「我、我沒有想……」

「呵呵，那我要開始掏耳朵了喔。因為有危險，在掏耳朵的過程中請千萬不要挪動身體。」

在溫柔的提醒後，掏耳棒伴隨著窸窣聲響探進我的左耳中。背脊震顫。

那是種未知的感覺。

「感覺如何？會不會痛呢？」

「……不、不會。」

反而是種快感。

舒適的感覺甚至讓我差點睡著。

清理耳朵這種事我基本上不假他人之手，沒想到光是換成別人來掏耳朵，感覺會差這麼多……

「呵呵，想睡的話睡著也沒關係喔。好乖好乖。」

不只是掏耳朵，還輕撫著我的頭。

波狀攻擊太卑鄙了。

宜人的雙重螺旋。

面對連猛獸恐怕都會為之沉默的技巧，我簡直無法招架——

不知不覺間，我落入夢鄉之中。

『好可憐。』

話語聲傳來。

某處的室內。

暖爐前方。

搖椅。

坐在搖椅上的「某人」——

『好可憐。』

發出了同情般的話語聲。

（……是夢。）

夢。

就像上次一樣，還是嬰孩的我被「某人」摟在懷裡，那位「某人」似乎覺得我很可憐。

我不知道那人為何這樣想。

在我還沒理解之前，短暫的夢已經告終——

「……啊，小提你醒啦？」

意識掙脫了睡意。

睜開眼皮，發現教官的臉就在正上方。

我的頭仰躺在她的大腿上。

因為這個姿勢，躍入眼簾的不只有教官的臉龐，還有豐滿的胸前隆起。

也許是意識還有幾分朦朧，我沒有挪開視線，只是一直盯著該處瞧。

「……好壯觀。」

「咦？壯觀是指什麼……啊，喂！你在看哪裡啊？」

聽見教官羞赧地這麼說，我的意識頓時轉為清晰。

「對、對不起。」

「沒、沒關係啦……話說小提只睡了大概十分鐘而已，睡飽了嗎？」

從夢境之短就大致能推測，我似乎沒有睡太久。

「怎麼辦？要再睡一下也沒關係喔。」

教官說著，用手揉捏我的臉頰。

「呵呵，小提的臉頰比想像中還要柔軟呢。」

「請、請不要玩我的臉……」

「因為還要睡？」

「沒有……我沒有要再睡下去……」

雖然夢境的後續讓人好奇，但我不希望睡著後將重量全部都壓在教官身上。

「那麼主人，至少讓我為您清理右耳吧？」

「這個嘛，那就麻煩妳了……」

我對化身為女僕的教官點頭示意。

於是我就這麼享受著舒適的大腿枕，任憑教官清理我的右耳。

結束之後，仍是枕著教官的大腿，沒特別做什麼只是愣愣地發呆。

心中洋溢著幸福。

「不過教官真正的目標，不僅止於此吧？」

「那當然。」

教官之所以買下這套女僕裝，原因不是想扮演為主人奉獻的女僕。是出自想減輕我的負擔這樣令人感激的理由，讓她想成為家事與料理的專家。

從女僕這般外表開始做起，最終目標是窮究這項技能。

為此該做的，當然唯有親自實踐家事與料理一途。

但是，就算打理好外觀，如果只是在自已家中實踐，教官的家事技能也許永遠不會有成長的一天。

「關於鍛鍊家事與料理的手法，教官有些頭緒嗎？」

「在家多多練習吧？」

「我覺得這樣有其極限。」

「那你覺得該怎麼做才好？」

「大膽一點把自己扔進魔境吧。」

「魔境？」

「我指的是在孤兒院當保姆。」

我所經營的，禁忌之子的孤兒院。

在那地方照顧小孩子。

如此一來，再怎麼不情願，家事與料理的技能都會提升才對。

「原來如此……不過我不能老是像今天這樣把工作扔到一旁，很難住在孤兒院長期工作。」

「我沒有要求教官住進去。只要挑個假日擔任保姆一整天就會有所改變了吧？」

「嗯嗯～找個假日當一日保姆啊。嗯，好主意，這個點子我就採用了。」

如此一來大致的方向就定下來了。

就我個人的立場而言，教官想為我減輕負擔的這份體貼，其實絕非必要。

但是，要以我個人的想法去否定教官的進取心，我覺得這樣也不對。

既然教官想精通家事與料理技能，我就會全力聲援並支援。

就這麼單純。

「接下來，今天也差不多該回家了吧？」

「說得也是。」

雖然時間還不到傍晚，但也不能一直在這裡休息。

我等教官換回便服裝扮後，離開了森林公園。

——途中。

歸途的半路上。

我們離開了市區，走在一直延伸到教官家的寬闊農用道路上。

（怎麼……）

難以言喻的異樣感受撲向我。

異樣。

太安靜了。

四周非常安靜。

因為通往郊外的道路上幾乎沒有路人，基本上平常總是相當安靜。

但是——

風吹樹葉的沙沙聲、蟲鳴聲、流過水渠的潺潺水聲。

就算四周無人也應該持續不斷的這些聲響，現在完全聽不見。

（好像……）

不太對勁。

習以為常的景色，看起來異於平常。

明明沒有任何變化，卻覺得有所改變。

發生了不知名的異狀。

因為我搞不懂那原因——

「教官有察覺到什麼嗎…………教官？」

我想向走在身旁的教官尋求意見，卻頓時啞口無言。

教官並未走在我身旁。

我原本以為她一直跟在我身旁，但事實並非如此。

教官靜佇於我後方大約十公尺處。

而且一動也不動。

如果有種技術能讓步行狀態的人類瞬間結凍，大概就會變成那模樣吧？教官在步行動作中突然靜止的模樣有如藝術品一般。

全然靜止。

（這是怎麼搞的……）

為什麼一動也不動？

我一瞬間以為教官又想捉弄我了，但並非如此。

完全停止。

完全靜止。

感覺不到生命的脈動。

（時間……）

沒錯，就好像——時間停止流動了。

不知從多久前，教官已不再動作。

不只是教官。

周遭的一切都靜止了。

所以不會發出聲響。

（只有我……？）

在這個靜止的世界中，彷彿唯獨我這個存在擁有自由動作的權力。

——是夢？

不，不是。

這是現實。

應該是現實。

造成這種現象的原因，恐怕只有魔法。

人類無法使用的超常力量。

顛覆世間常理的力量。

——其中也有能夠停止時間流動的魔法。

（文獻中提及過，那個惡魔特別擅長——）

那個惡魔。

極星一三將軍。

上級惡魔之一。

我前些日子一度遭遇的存在。

支配時間與空間而被稱為「次元魔道士」的那傢伙。

「——撒旦妮亞。」

「唔呵，正確解答。」

在我的眼前……

一道人影從天而降。

落在大約兩步的距離處。

乍看之下外觀像是人類的女童。

秀麗黑長髮間參雜著些許點綴般的白髮，嬌小身軀穿著歌德風連身裙。

惹人憐愛的可愛外觀。

但不能被那樣的外貌欺騙。

兩根角自額頭處長出，長在背部的翅膀數量驚人。

那證明了她絕非人類。

是惡魔。

儘管外觀上看似年幼，實際上年齡至少遠在數百歲以上吧。

「好久不見了，不過實際上經過的天數好像還不至於？」

極星一三將軍——撒旦妮亞。

自從前些日子她現身搭救黑袍人後，這還是第一次碰面。

路米娜小姐的魔結晶也許就預知了她的突襲。

「你好啊，近來過得還好？」

「……動用這麼大規模的時間停止魔法有何目的？妳到底來做什麼？」

我提高警覺問道。

於是撒旦妮亞答道：

「呵呵，你覺得我來做什麼？」

稚氣的臉龐上浮現皮笑肉不笑的笑容。

「順便一提，我可不是來打架的喔。如果我真有這種意圖，你早已經不在世上了……不過這其實很難說，畢竟你繼承了王的血脈啊。」

「那麼……妳是為了戰鬥之外的其他事情找我？」

「呵呵！就是這樣。看來你也明白了，真是太好了。」

彼此的警覺心有溫度差。

撒旦妮亞神色滿足地說完，仔細打量著我。

「……怎麼？有事就快說。」

話雖如此，我心裡其實還在猶豫。

是否該採取行動，當場擊殺撒旦妮亞？

身為一名葬擊士，而且身為憎恨惡魔之人，我應該擊殺這傢伙才對。

現在採取行動真的正確嗎？

就算我出手，真能打倒她嗎？

在我過去遇過的所有惡魔中，這傢伙的強度堪稱首屈一指。儘管如此，如果能順利駕馭王之力——路西法之血，我也許就能擊倒她。

（對於現在的我……）

真能辦到嗎？

每次依靠王之力都會被黑暗的意志吞噬，真有勝算跨越有生以來的最大難關？

（當下還是暫且……）

識時務者為俊傑。

我如此判斷，等候撒旦妮亞的話語。

等她開口說出她的目的。

但是——

「…………」

撒旦妮亞一語不發。

從剛才就一直注視著我，默默無語。

「太好了，你已經……」

好不容易等到她開口，內容卻莫名其妙。

我這下失去了耐性。

「夠了吧？說出妳的目的。妳到底為何出現在這裡？」

「啊，差點忘了……抱歉抱歉。」

像是取回了平常心，撒旦妮亞接著說道：

「提爾啊，現下你無法真正駕馭王之血。是這樣吧？」

「……是沒錯。那又如何？」

「呵呵。如果說，我能讓你的身體適應王之血，你有何打算？」

「什麼？」

「如果能讓你的身體適應王之血，你希冀那份力量嗎？」

「意思是……我可以變得比現在更強？」

「只要能適應，應當如此。」

「而且妳願意幫我這個忙？」

「正是如此。」

「太愚蠢了。我不可能仰賴妳。欺騙我的目的是什麼？」

「我沒打算騙你。」

「無法相信。」

「這樣啊。不過——」

撒旦妮亞將左手掌對準我，笑了笑。

「你沒有權利拒絕。」

「什麼？」

「我要你變強。接受這份力量吧。」

在這句話響起的同時，我感受到撒旦妮亞全身釋出魔力的波動。

——她正打算發動某種魔法……？

「妳……！」

「呵嘻嘻！別這麼慌張。」

她這麼說道，緊接著——

「呼嗯！」

彷彿注入力量般的吆喝聲。

下一瞬間……

魔方陣在我腳底下展開。

同一時刻，與之成對的另一個魔方陣也在我頭頂上展開。

頭頂上的魔方陣朝著腳底的魔方陣開始下降。

彷彿凝聚了千鈞重力。

「妳！妳到底想做什麼——」

「沒事的，儘管放心。」

「這種話——」

誰會相信！這句話脫口而出之前，頭頂上的魔方陣觸及我的頭頂。

這瞬間，世界充滿了白光。

彷彿沐浴在刺眼強光中，什麼都看不見。

她究竟對我做了什麼？

現在狀況到底怎麼了？

數秒後我才知道答案。

「唔嗯，很完美。」

我聽見撒旦妮亞以心滿意足的語氣如此說道。

同時，強光完全散去，我的視野漸漸恢復原狀。

「感覺怎麼樣？」

「不太清楚……」

我如此呢喃的下一瞬間，感覺有些不太對勁。

（為什麼……聲音聽起來……）

不太對。

音調比平常要高。

而且──

撒旦妮亞就站在眼前。

這沒問題。

雖然這沒有問題──但為什麼我的視線高度和這傢伙一樣？

我連忙將視線轉向自己的身體。

剛才尺寸合身的便服現在變得鬆鬆垮垮，落在地面上。

「這是怎麼了……」

無法理解。

莫名其妙。

這種事情真的可能發生嗎？

為什麼身體會……

「呵呼，你好像很吃驚喔？」

撒旦妮亞笑得愉快。

她的存在告訴我這是現實。

確切的另一個存在就站在眼前。

這不是夢境。

也不是幻覺。

是現實。

所以說，換言之——

身體的成長回溯這種現象，雖然無法置信但終究是現實……真是這樣？

同時我也明白了——這就是魔法的效力。

「……妳想幹嘛？」

我依舊混亂。

「這是什麼……這身體到底是怎麼回事……？」

「我把你的肉體年齡回溯到十歲左右的狀態了。」

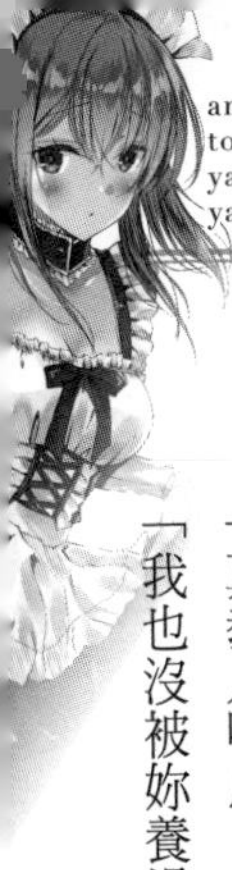

「妳說什麼……？」

「十分嬌小可愛，不是嗎？」

「妳……！」

「呵呵，就連這種反應都很可愛。」

「……閉嘴。」

「唔呵，就算你這麼說，但可愛的東西就是可愛啊。」

儘管外觀上完全是年幼的少女，但表情十分妖豔。

「噯，可以讓我抱一下嗎？」

「住手……」

「為什麼？難道是害羞——」

「——我叫妳不要再胡鬧下去了！」

我衝上前去，伸手抓住撒旦妮亞的領口。

「成長回溯到底有什麼意義！少說廢話，給我講清楚！」

「我反對暴力喔。」

「既然這樣就快點解釋！」

「真教人嘆息。我可沒有把你養得這麼性急。」

「我也沒被妳養過！」

「……這樣啊。」

撒旦妮亞甩開我的手，拉正衣領的同時繼續說道。

「聽好嘍，讓你的肉體回溯到十歲左右的狀態，理由就如同我一開始所說的，是為了讓你的身體適應王之血。」

「……這是什麼原理？」

「你無法真正駕馭王之血。正確地說，還無法真正掌控覺醒的王之血──『醒血』。因為肉體尚未適應『醒血』。那麼，為何肉體無法順利適應『醒血』──原因在於你的覺醒太晚了。」

「太晚了……？」

「一般來說，在青春期結束之前就應該覺醒了，但是你比想像中花了更多時間。結果，你在肉體已經接近成年，也就是難以適應『醒血』的狀態下覺醒，使得你無法完全駕馭王之力──這就是你的現況。」

「……為什麼在接近成人的狀態下覺醒，就無法適應王之血？」

「這個嘛，唔……該怎麼說明才好？這個嘛……成人之後要學習其他國家的語言會很吃力對吧？小孩子的學習速度就是比較快。同樣的道理，肉體適應『醒血』最順利的時期也是孩童時期。簡單說就是這樣。」

「原來如此……」

雖然粗略，但我大致上理解了。

「我想你應該已經明白，讓你的肉體回溯到十歲左右的狀態，就是為了使肉體更加適應『醒血』，使王之力趨於穩定。」

「這對妳而言難道不是壞事嗎？」

我渴望更強大的力量，是為了打倒惡魔。

如果我日後能穩定發揮王之力的潛能，對惡魔陣營想必是莫大的打擊。

「確實如此，對惡魔而言的確不樂見。」

「那麼……為什麼要對我伸出援手？」

「這個嘛，是為什麼呢？」

撒旦妮亞不願回答般聳了聳肩。

無法看穿她的用意。

她究竟在想些什麼？

到底有何企圖？

「……妳不打算告訴我？」

「現在……還不行。」

撒旦妮亞說完，轉身背對我。

「就這樣，我也差不多該走了。」

她倏地展開翅膀。

我抓住了撒旦妮亞的手。

「等等。」

「怎麼了？呵呵，我可不喜歡強硬的邀約喔。」

「少耍嘴皮子，回答我。我的身體會恢復原狀嗎？」

「當然會。我已經設下條件，只要適應『醒血』，自然會恢復。」

「那到底是多久之後？」

「這個嘛……從今天算起大概七天吧？」

七天。

換句話說，我得維持這模樣一整個星期？

……生活上應該會出問題。

恐怕也無法輕易出現在大庭廣眾間。

「還有其他想問的嗎？」

「做這種事情，妳到底有什麼目的？」

「我剛才不是說了，我現在還不能告訴你。」

「既然這樣，之後妳會回答嗎？」

「這個嘛……有朝一日。」

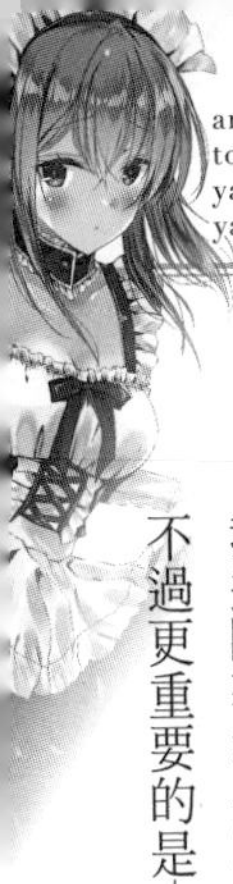

撒旦妮亞甩開我的手，鼓動翅膀，雙腳自地面浮升。

「這下應該沒有其他事想問了吧？」

「沒了……」

雖然不是沒有，但既然她不願意回答，我也無可奈何。

這時就乾脆一點，讓她離開吧。

「就這樣了。用不著操多餘的心，儘管相信我就好。」

語畢，我原以為她會立刻飛離此處——

但是撒旦妮亞將視線投向一動也不動的教官。

「那麼我也提出一個問題吧。你喜歡那個女人？」

「啥？」

「我問你是不是喜歡那個女人。」

「……是又怎樣？」

「眼光真差，身材嬌小一點的比較好。」

語畢，她便振翅飛離。

她到底想說什麼……？

我遠眺著消失在天空彼端的撒旦妮亞，只感到一頭霧水。

不過更重要的是——

「這身體……」

變回幼童了。

適應王之力的必經過程。

雖然搞不懂撒旦妮亞的意圖，但如果能夠變強的話，我會大方接納當下這個狀態。

不過——

（該怎麼說明才好……？）

拖著一身鬆垮垮的衣物，我不禁煩惱。

像是教官和莎拉小姐，以及其他很可能遭遇的熟人，萬一在這段成長回溯時期中碰面，我到底該怎麼說明這個狀態？

我如此思索的時候，自然的聲響再度拍打我的耳畔。

（……啊，時間恢復流動了。）

看來時間停止的魔法已經解除。

於是——

「奇怪？小提不見了……？」

教官看起來就連時間曾一度停止都未察覺，只是愣愣地如此自言自語，不久後注意到我的存在。

「哎呀呀，小弟弟怎麼了嗎？你的衣服怎麼會這麼大？」

「呃……」

該不會教官沒有察覺我是誰吧？哎，這也是正常反應。

「奇怪？這個小男生好像剛認識時的小提……哎，好像比那時候的小提又稍微年幼一些？啊，不好意思我一直自言自語。小弟弟叫什麼名字？知道自己家的地址嗎？」

「那個，呃……」

她一定會很吃驚吧。我這麼想著，總之先報上自己的名字。

「……我是提爾。」

「嗯？」

「是我，教官。我是提爾．弗德奧特。」

「不可以說謊喔～」

教官只是一笑置之。她大概以為我在撒謊吧……

「開這種玩笑是沒關係，把你的名字告訴大姊姊，好嗎？」

「我、我真的是提爾！今天和教官一起去挑女僕裝的那個提爾．弗德奧特！」

為了讓她相信我的身分，我附加了本日的行程並且再度報上名字。

聞言，教官有些難以置信般睜大眼睛。

「這、這不可能……吧？」

「那我再多說一些？選了女僕裝之後我們去義大利麵餐廳，在那邊遇見路米娜小姐，之後在森林公園讓教官幫我掏耳朵。我就是那個提爾本人。」

「不、不可能……」

「是真的！」

「…………」

教官這下啞口無言。

隨後，她配合我的身高般蹲下身子。

「你、你真的是小提？」

「是的……」

「為、為什麼變小了？」

「理由一言難盡……」

「啊哈、啊哈哈……」

教官笑得像是目睹了無法理解的狀況，連續觸摸我的臉頰後——倏地失去意識。

「教、教官！」

人類遭遇超過大腦處理能力的事態時，似乎就會如此逃避現實。

最後……

在教官恢復意識前，我只能一直搖晃著她的肩膀。

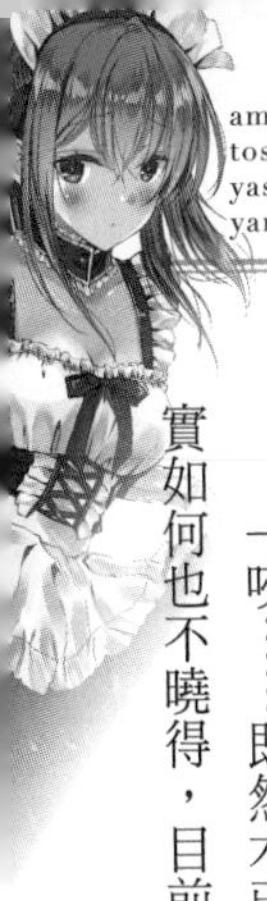

第三章　保姆

「——事情經過就是這樣……」

米亞教官的自家。

客廳中。

教官清醒後，我們決定有話先回到家中再說。

之後加上莎拉小姐，我對她們解釋了成長回溯的緣由。

一五一十全盤托出。

除了全面坦白之外，我想不到其他藉口也是原因之一。

「這樣啊，是撒旦妮亞……她到底在打什麼算盤？還做出這種有利於小提的舉動。」

清醒之後的教官相當冷靜。

現在她也仔細聽我說明，並表示能夠接受。真是令人感謝。

「這我不曉得。」

「哎……既然木已成舟，再追究也沒意義。雖然她說一個星期左右便會恢復，但事實如何也不曉得，目前只能先觀察看看吧。」

「……不好意思，教官，應該會給妳帶來麻煩……依我這個模樣，大概家事和料理都沒辦法做好。」

「不會啊，一點也不麻煩。這樣不是正好嗎？這一定是上天給我的考驗，要我嘗試過不依賴小提的生活。」

教官的態度積極正面。這種地方格外耀眼

另一方面，莎拉小姐從剛才就一直盯著我瞧。到、到底是怎樣……？

「噯，提爾。」

她沉默了好半晌，在開口的瞬間飛一般來到我身旁。

「好可愛。」

「咦？」

「──好可愛！好想養！這是怎樣？這種世界第一可愛的生物！」

莎拉小姐猛然使出全力抱緊了我，甚至用臉頰磨蹭我的臉。

等、等一下！

「呵呵呵～臉頰好軟好有彈性喔～！原來我的天使就在這裡！」

「姊、姊姊！快點放開小提！這樣看來根本是犯罪行為！」

「來呀，提爾，跟我親親嘴嘛～」

「聽我說！」

「討厭啦，那個大嬸很吵喔～既然這樣就來我房間吧～」

「別想得逞！」

教官阻擋在莎拉小姐面前，把我從她身旁拉開，保護我……太好了。

「啊！我的天使……！」

「小提不是誰的天使！總之現在不要給小提造成多餘的負擔。」

教官拉著我的手，讓我坐到沙發上。

「好了，小提先在這裡休息吧？」

「謝謝教官。」

「不客氣，呵呵。」

米亞教官輕撫著我的頭，淺淺微笑。

雖然莎拉小姐太過露骨所以相較之下不太明顯，但是教官對我的態度也變得有些溺愛……

「接下來，我得代替小提做晚餐才行。」

教官走進了自己的房間。

五分鐘後，教官再度回到客廳。

「──好啦，我要加油了！」

她換上那身迷你裙款式的女僕裝，嬌憐又可愛。

大概是因為第三次穿上這套衣服，害臊程度似乎已經不如上次。

「嗚哇……」

莎拉小姐的表情顯得有些難以置信。

「……傷眼睛耶。」

「才、才不會！」

「根本是玩角色扮演的大嬸嘛……」

「是、是怎樣！從外表開始做起有什麼不可以！」

「不是啦，要從外表開始做起不是壞事……不過這樣真的很傷眼睛。」

「小、小提明明就說很適合我！對吧，小提？」

教官向我求助。

雖然我說過很適合，但是——我可沒說過適合她的年紀。

儘管扮相合適但不合她的年紀，那種「硬撐裝年輕」的感覺自全身上下毫無保留地散發，我的意思是那模樣真的很讚。

也因此，我迷惘著該如何回答她而沉默。

我的沉默似乎被教官往負面的方向解釋……

「小、小提該不會其實也覺得很傷眼睛……？」

「不、不會，沒有這回事！」

「哼、哼！沒關係啦！要怎麼講都隨便你們！我就是要打扮成這樣來努力投入家事和料理！」

語畢，教官為了做晚餐而走向廚房。

莎拉小姐像是覺得看不下去，從椅子上站起身。

「好好好，我也會幫忙妳。」

「我、我一個人就行了！」

「明明就不行吧。米亞暫時先當助手幫忙，主要由我來做菜。」

「……我知道了啦。」

於是姊妹一同開始料理晚餐。莎拉小姐嘴巴雖然壞，不過其實是個好姊姊。

多虧有莎拉小姐徹底主導，沒有引發太大的危險，晚餐平安無事地端上桌。

之後我們三人用過晚餐，吃完就立刻開始收拾。

晚餐的善後全都交給教官一人，她在庭院的水井旁清洗餐具。

「教官真的沒問題嗎？」

「拜託，只是洗個餐具而已，應該沒問題吧。」

我和莎拉小姐在客廳各自打發著時間。

我沒有特別做些什麼，莎拉小姐正在晚間小酌。

她已經喝乾了兩瓶……會不會喝太多？

「呼啊，啤酒真讚～」

「那個……請注意一點喔。」

莎拉小姐和教官一樣，一喝醉就會變成麻煩的化身。

「別擔心啦。咿嘻嘻，相信我嘛。」

「……有困難。」

「咦～我沒有信用？這樣好像有點傷心耶。」

莎拉小姐假哭著擦拭眼角，隨後又笑吟吟地緩緩逼近我所坐的沙發。

「要、要幹嘛？」

「不過像這樣對熟人也維持著戒心，讓我對提爾很敬佩呢。好了不起喔～」

莎拉小姐這麼說著坐到我身邊，伸手攬住我的肩膀，把我拉進她的臂彎中。

她一面說著「好乖好乖」一面撫摸我的頭，給我無上的慈愛。

這狀態該不會是……

「啊哈～提爾好可愛～居然變得這麼小……啊，好強的治癒力，光是存在就充滿了治癒力……嘻嘻嘻，所以提爾真的什麼都不用做喔。過去已經活過了非常了不起的每一天，至少在身體變小的時候，就拋開多餘的煩惱悠哉度過吧？好嗎？用不著變得更了不起，提爾現在已經很了不起了喔～」

……看來她果然已經醉了。

酒醉來到極限的莎拉小姐會變成溺愛人的個性。

最近我才知道，那份溺愛基本上會朝全方位發射。

這時，我注意到教官從後門走進家中。

看來她已經平安洗完餐具──

「呼，只打破一片盤子就搞定了。」

……我撤回前言，看來並非平安無事。哎，打破一片而已應該沒差吧。

「啊，米亞把盤子都洗得乾乾淨淨了喔？好了不起～！」

「平常一天到晚被損，這下被姊姊稱讚反而會起雞皮疙瘩……話說回來，我只是稍微離開一下，妳怎麼馬上醉得這麼誇張？」

「哎呀哎呀，居然擔心我喝得太醉，有妹妹真是太好了～」

「……我真正擔心的是小提。看起來沒兩下又被姊姊纏住了。」

沒錯，我被她纏住了，請伸出援手。

「好了，姊姊，離小提遠一點啦。」

教官靠近之後，將我從莎拉小姐的魔掌解放出來。

「真、真的很謝謝教官……」

「沒關係啦。先別管她，小提去洗澡吧。我剛才洗碗盤的時候順便燒柴火了。我會在這裡攔住姊姊，你就去放鬆身心吧。」

「那我就先去洗澡了。」

「啊～小提等一下！能自己一個人洗澡是很了不起沒錯，可是跟莎拉姊姊一起洗更了不起——」

「好了好了，姊姊不要輕舉妄動。」

「什麼嘛～！不然米亞也一起啊？三個人一起了不起吧～？」

「了不起是什麼意思啦！」

教官正為我攔住莎拉小姐。

心懷感激的同時，我乘隙走進了脫衣間。

「還真的變小了耶……」

看著脫衣間裡的鏡子，我不禁呢喃。

完全是小孩子。

雖然撒旦妮亞說她把我的身體回溯到十歲左右的狀態，不過這模樣肯定比十歲還要小吧。七、八歲？或者還要更年幼一點？

眼睛的高度只到教官的腹部，毫無疑問比夏洛涅更矮。

哎，反正大概一個星期就會恢復原狀了，不成什麼問題。

我脫下衣服。因為身上只穿了一件寬鬆的襯衫，馬上就變成裸體。

接著走進浴室內。

嘩啦！我朝著身體潑水，原本想用藥草成分的沐浴乳清洗身體，但下一瞬間發生的事情強迫我停止動作。

「——和提爾洗～澡～澡～♪和提爾洗～澡～澡～♪」

伴隨著韻律奇異的呢喃，我察覺莎拉小姐走進脫衣間。

……咦？教官的攔阻呢？

「好啦～好乖好乖的米亞也快點一起來啊！」

「用不著姊姊講我也會進去，或者姊姊不要進去更好……嗝！小提可是我的喔，姊姊妳閃邊啦！」

我聽見反應不太正常的教官也跟著走進脫衣間——

（……咦？該不會連教官也醉了吧……？）

看來她似乎反被敵人籠絡了。

（這、這下該怎麼辦……？）

很明顯這樣下去大事不妙。

既然如此，乾脆從浴室後門開溜——

「那麼莎拉大姊姊就先進去了喔～」

但在我的脫逃計畫進入實行階段前，裹著一條浴巾的莎拉小姐已經闖進浴室。

我連忙伸手抓向後門——

「咿嘻嘻，你該不會正想逃跑吧？這樣不行喔～！你是個很乖很乖而且好了不起的男孩子，不能像壞孩子那樣淘氣喔～♪」

「嗚哇……」

「抓到你了♪」

瞬間就逼近眼前。

她像是架住我的雙肩般把我抱起來，我被她強制送回浴室地板上的矮凳。完了，一切都沒指望了……

「嗯呵呵～和提爾一起洗澡澡喔～可是姊姊也在耶……」

在我陷入絕望時，只纏著一條浴巾的教官也走進浴室內。

啊啊，兩人都到齊了……

教官和莎拉小姐。

身材極佳的兩姊妹，在浴室這個密閉空間中齊聚一堂。

而且還是只裹著一條浴巾的危險狀態。

兩人胸前都擠出了一道深溝。

因為對眼睛的刺激太強，讓我不禁壓低視線時，自浴巾下方露出的赤裸雙腿也隨之映入眼簾。

絕非豐腴，但也絕非緊緻，肉感適中的大腿。

想被夾在那之間的邪念掠過腦海，但我使勁搖頭維持理性。

「哎呀呀，小提已經興奮到忍不住搖頭晃腦了。」

「教官，請訂正為過於苦惱……」

「置身這種處境還在苦惱，提爾未免太挑剔了吧～？」

莎拉小姐愉快地低頭盯著我的臉。

「咿嘻嘻，來吧來吧，提爾是乖孩子，要乖乖讓大姊姊洗身體喔。」

莎拉小姐拿下掛在牆邊的毛巾，占據了坐在板凳上的我的背後。

然而——

「不要占位子！」

這時，有人自莎拉小姐手中搶下毛巾，緊接著還奪取了我背後的位置。這個人當然就是教官。

被推開的莎拉小姐顯得很不服氣。

「喂～這種行徑再怎麼說都不算好乖好乖喔？」

「嗝！我會幫小提洗乾淨，姊姊可以閃遠一點嗎？」

「哦～一喝醉就懂得積極進攻了，這種地方還是老樣子很了不起呢。真沒辦法，身體就讓給妳吧，我來洗頭。」

「只能洗頭喔！」

「咿嘻，我知道啦。」

莎拉小姐拿著洗髮精轉到我的正前方。從浴巾的隙縫似乎會看見不該看見的部位，我連忙挪開視線……這空間真的很不妙。

「來，小提，米亞姊姊要幫你洗身體了～注意力不可以飄向姊姊那邊喔！」

這時，教官開始幫我洗身體——

「嗯呵呵～小小的背好可愛喔。真想把這片背部加入我的小提收藏裡。」

「把背部當收藏……可以請教官不要說這種變態的話嗎？」

話說小提收藏又是什麼？感覺很恐怖，還是不要深究比較好。

「有沒有哪邊會癢？力道輕重剛好嗎？」

「沒、沒問題……」

「那我就繼續下去了喔～？」

搓揉磨蹭。

教官清洗的力道感覺很舒服，有種接受按摩的感覺。

同時莎拉小姐就在我眼前，用手掌搓揉洗髮精使之起泡。因為她雙膝跪在地面上，剛才視線不知該往哪擺的狀況已經解除，然而——

（不過這樣子胸口還是……）

看起來很柔軟的深谷。只要那仍舊存在，對視覺的刺激還是不變。

「提爾，我要洗頭了喔～提爾是個乖孩子，不可以亂動～」

「請不要太粗暴喔……？」

「咿嘻！說不定是提爾對我粗暴喔？」

「我不會！」

「因為你是乖孩子嘛～那我要洗了喔～嘩啦啦～」

我任憑擺布，讓她開始洗我的頭髮。

那雙手溫柔又細心地搓揉我的頭髮。

我閉上眼睛，避免向下流的泡沫滲進眼睛。

意識自然而然集中於被清洗時的觸感。

教官與莎拉小姐分別洗著我的身體與頭髮。仔細一想這狀況還真誇張……

因為過去從來沒有人這樣觸碰我的身體，雖然不免有些害臊，但是目前她們也沒對我做什麼怪事，只要這樣持續下去——

「嗚嗯～」

「哇啊……」

不過，果然不可能安穩地結束。

先是整個人被拉過去的力道後，緊接著幸福的柔軟觸感覆蓋我的臉。

這、這該不會是……！

「啊！姊姊妳在幹嘛！」

「因為提爾真的好可愛好可愛……咿嘻嘻，我已經忍不住了♪」

在她的牽引下，我埋在莎拉小姐柔軟的胸脯中。

豐腴而柔軟的觸感……還洋溢著好聞的香氣。

我應該盡快掙脫逃離……卻不知為何感到安心。

「乖乖給大姊姊洗頭髮，真的好乖喔～雖然頭髮還沒搓揉完，這只是目前的小獎賞喔。我的胸部有沒有很舒服～？」

「姊、姊姊太過火了！」

「咦～？會嗎～？」

「當然會啊！況且獎賞又是什麼啦！」

「乖孩子當然就該有糖吃啊！提爾也許心裡很不願意讓我們洗，可是他乖乖地都不掙扎，真的很乖對吧？那麼，當然該給他一點獎賞才對吧？」

這種善解人意如果能在其他場面發揮就好了……

「這、這樣說好像有道理。」

而且教官也當真了……

「就是說吧？所以米亞也給乖孩子一些獎勵嘛。」

「說、說得也是。不能輸給姊姊，我也要給小提獎賞才行！」

啊啊，她被煽動了……她到底要對我做什麼？

我這麼想著的瞬間——炙熱又溼滑的觸感傳遍我的背部。

看來教官似乎要把我整個人攬入懷中，從後方緊緊摟住了我。

（胸、胸部……）

雖然隔著浴巾，但是那誘人的雙峰正緊緊抵著我的背。

同時我的臉正埋在莎拉小姐的深溝中，這到底是什麼狀況……

「咿嘻……提爾現在正被兩個美女大姊姊做成色色的三明治喔～」

……客觀來看應該是這樣沒錯。

「怎麼樣？舒服嗎？」

「我、我想喊停……」

我從莎拉小姐的胸前抬起臉說道……再繼續下去感覺就快瘋了。

「是喔，你想要我停手？色色的三明治，說穿了就是前後夾攻，這樣你不愛嗎？不過一講白了聽起來好像性慾很強的人耶，討厭啦，提爾真色。」

「明明與我無關吧！」

為什麼好像變成我自己故意講得那麼露骨啊！太沒道理了……

「咿嘻，對這樣滿腦子色色念頭的提爾，懲罰就是不放開你。呼啊～！」

「嗚哇……咕呼……」

莎拉小姐從胸部外側往上擠壓，夾住我的臉頰後開始使勁揉捏。

似乎是為了對抗那讓人太過舒服的軟綿綿千鈞萬力，教官更加使勁從背後摟住我。

比莎拉小姐更加凶惡的胸脯更加用力頂著我……我開始覺得有些頭暈。

「我不會輸給姊姊的！」

「這麼乖巧的提爾不能讓給我嗎？」

「不行！」

（嗚……）

前後都同樣軟綿綿的。雖然很幸福，但有種很不應該的感覺。

話雖如此，現在的我也無法憑力氣逃脫，大概只能乖乖等教官她們玩膩吧。

（快點結束啊……）

我一心這麼想著，但是最後——大約十分鐘後才被她們解放。

但解放指的是不再那樣緊抱著我，清洗頭髮和身體的行為仍然持續。

我真正重拾自由，逃進浴缸裡頭，已經是又五分鐘之後的事。

（這次也太慘了……）

差點連危險部位都要遭她們上下其手，當時連我也不禁慌了手腳。好不容易迴避了危機自己清洗，算是幸運了。

萬一她們說「接下來輪到小提幫我們洗喔」，我原本打算朝著浴室外頭而不是浴缸全力逃走，但很意外事態並未如此發展。教官與莎拉小姐這對姊妹開始互相清洗對方的身體。她們也許是擔心對身體變小的我造成負擔。真希望她們早點發揮這份體貼……

「米亞的胸部長得也太大了！」

莎拉小姐一面洗著教官的身體，一面這麼說。

「妳打算用這個來對提爾好乖好乖嗎？」

「妳的『好乖好乖』到底是在暗示什麼啦！話說姊姊才是，長了這般大得無意義的胸部。」

教官與莎拉小姐褪去浴巾，沾滿泡沫的兩具裸體嘻笑打鬧，實在教人難以直視。就連胸前漂亮的淺色突起都映入眼中……對眼睛的刺激強烈得幾乎致命。

「啊，妳看妳看，米亞～提爾看著我們嬉戲好像覺得很害羞耶。」

「嗯呵呵～好可愛喔～」

「噯，提爾，難得有這機會，就一起好乖好乖吧？」

「我就不用了……」

我挪開視線回答。教官與莎拉小姐沒有追問，不久後終於洗完身體。

剛才赤裸裸地嬉鬧的兩人，居然直接走向浴缸——

「稍微過去一點，小提，可以讓個位子嗎？」

「咿嘻，要擠得很緊很緊喔♪」

「嗚呃……」

嘩啦水聲。教官與莎拉小姐把我挾在中間。這個浴缸的尺寸本來兩個成人一起泡澡就很擠了，現況已經是超過擁擠的某種狀態。

大概是為了盡量緩解狀況，教官讓我嬌小的身軀坐在她的大腿上。

「啊，米亞好詐喔！」

「嗯呵呵～先搶先贏喔。」

教官輕輕摟著我的身軀。

赤裸的教官緊貼著我，雖然身軀各處肌膚直接相觸，但是有種平穩的安心感，不知為何我完全沒有反抗的念頭。舒適的感覺喚起了睡意。

……今天發生了很多事啊。

先是購物之後，遇見撒旦妮亞——緊接著是成長回溯。

精神磨耗、疲勞累積的原因多得數不清。

再加上教官的溫香軟玉，就正面的意義而言難以抗拒。

眼皮越來越沉重也是人之常情吧……

「提爾想睡覺覺了？好乖好乖～」

在一旁泡著熱水澡的莎拉小姐伸手撫摸我的頭。別忙著摸頭了，可以先把毫無遮蔽的胸前遮一下嗎……

同時，莎拉小姐的舉動好像讓教官也注意到我的睡意。

「哎呀，想睡就睡沒關係喔。」

「不會……我不想睡。」

萬一在這時睡著了，我覺得會遭到奇怪的惡作劇。

「咿嘻嘻，不用勉強自己喔，儘管放心。提爾睡著之後，我們欣賞一下提爾那個很乖很乖的部位，之後就會把你好好送回床上的。」

完全無法安心的感覺反倒讓我覺得很乾脆。

「姊姊也真是的，有夠下流……」

看來教官還秉持著最低限度的良心。太好了。

「大可放心，米亞大姊姊會保護小提，你不用擔心大方睡著也沒關係喔。」

「真、真的很謝謝教官……」

話雖如此，剛才教官沒有攔住莎拉小姐，還跟著她一起闖進浴室中，其實也有前科就是了……

（我看還是不能安心交給她……）

所以……

我努力保持清醒，度過在浴室中的時光。

——出浴之後。

醉意已經完全消退的教官和莎拉小姐提出了「不能放任變小的我一個人睡覺」這般神祕論點後，兩人開始爭執：「我陪小提睡覺。」「不對，應該是我吧。」

但是我一如往常提出了獨自就寢的宣言「我不跟任何人睡」，爭執的火種便隨之熄滅。

時間來到隔天早上。

我沒有再次夢見那個奇妙的夢。教官從這一天開始全力投入學習家事與料理。

因為我的身體變小，難以做好各項家務雜事，因此出門工作前的教官接受莎拉小姐的指導，代替我做早餐或洗衣後再出門。

「咿嘻嘻，提爾你聽我說嘛，米亞她居然在洗衣之前偷聞提爾衣服的味道——」

「這、這是誤會！我只是有點好奇衣服洗之前的味道才稍微聞一下嘛！」

「妳還真的承認喔……」

雖然有過這些事，但第一天、第二天都平安度過。

時間來到第三天的早晨。

在我的成長被回溯之後，第三天。

我在這一天清醒之前再度夢見那場夢。

——那場夢。

還是嬰孩的我，以及朦朧不清的「保姆」。

兩者交織而成的奇妙夢境。

但是這次的內容有些差別。

時間向前推進了。

我稍微成長了，長大到搖搖晃晃地開始學走路。

在夢境中，這個時期的我正和保姆一起玩耍。

那是我過去的記憶嗎？

我似乎相當親近那位保姆，看起來非常愉快。

而保姆也相當熱心地擔任我的玩伴。

對於夢中的保姆，我漸漸萌生親近感。

保姆應該是惡魔，是我應當憎恨的對象，但一定不屬於邪惡。

對我而言，保姆肯定是養育之母。

如果能見面，我想要見上一面。

如果能見到保姆，肯定能搞清楚很多事。

我被棄置在人類領域的理由，以及親生母親的身分。

（但是，根本不知道怎麼找……）

到頭來我還是無法追溯自己的根源。

我不再繼續回憶夢境了。

去想那些無可奈何的事也沒意義。

我下了床，走向客廳。

走廊上飄盪著香氣。

「啊，小提。早安。」

我走進客廳時，教官正將早餐擺在餐桌上。

餐桌上擺著煎荷包蛋與培根、生菜沙拉。

看來莎拉小姐應該還沒醒。

換言之，準備這些菜色的人毫無疑問是教官。

（確實有所成長……）

在做家事的時候，教官總是那身迷你裙女僕裝。也許是像這樣從外表重新做起已經見效，又或者單純是教官的學習力強，無論原因如何，現在教官已成長到能夠獨自準備眼前這頓早餐。

原本不擅長的敲蛋殼似乎也已經掌握訣竅，成果就是餐桌上的荷包蛋吧。

雖然稍微有些焦了，不過要吃應該沒問題。

「要吃已經可以吃了喔。」

「知道了，那我就開動了。」

我坐到椅子上，開始用早餐。

這時莎拉小姐也起床來到餐廳，看著桌上的早餐感嘆地說：

「哦～歷經一番波折，看來至少有個樣子了嘛。」

「啊，早安，姊姊。還不錯吧？來，也有姊姊的份，妳先吃吧。」

教官將莎拉小姐的早餐端上桌，最後教官也將自己的份收進胃袋中。

早餐之後是收拾餐具、打掃、洗衣。

雖然莎拉小姐有稍微幫忙，但基本上都是由教官完成。

「呼～累了……」

完成了早晨的家務後，教官坐在餐桌旁暫時歇息。

時間才剛過八點而已。

「今天的重頭戲接下來才要登場啊。」

「是啊。」

教官之所以這麼說，是因為今天是她的休假日，已經預定要實行幾天前預定的行程

——「到孤兒院擔任一日保姆」。

接下來我會和她一起去孤兒院，我打算在旁守候教官的保姆活動。

「不可以給孩子們添麻煩喔。」

「用不著姊姊囉嗦我也知道。那小提，我們差不多也該出發了。」

「咦？妳要穿這樣去？」

「不行嗎？」

沒錯，教官打算穿著這身女僕裝直接前往孤兒院。在做家事與料理時，這套服裝似乎成為她精神上的重要支柱。

我覺得無所謂。如果要前往市區，我會擔心教官的名譽而建議她換一套衣服，不過從教官家到孤兒院一路上都是郊外。

「反正又不是要去城鎮，沒理由反對吧？」

「不，我不是覺得不行啦，只是覺得孩子們應該會受到打擊吧？」

「我、我的外觀不至於糟到對人家造成打擊啦！」

「啊，對喔。這樣反而可能扭曲年幼男生們的興趣跟嗜好。如果理想的女性形象變成了角色扮演的大姊姊，米亞要負責嗎？」

「不、不會變成那樣啦！大概！」

什麼大概……唉，我身為孤兒院的經營人，不會讓這種事發生就是了。

教官牽起我的手，走向玄關。

「總之姊姊負責看家，知道嗎？我們大概傍晚就會回來。」

「知道啦，路上小心～」

莎拉小姐說著，目送我與教官出門，我們便出發前往孤兒院。

「噯，小提，一日保姆這件事你已經通知那邊了吧？」

「我當然已經跟夏洛涅提過了。」

話雖如此，我只是寄信給她而已。

因為距離不遠，直接造訪孤兒院告訴她也是可以，但是要以這副樣貌示人，我還是有些抗拒。

不過我也有了覺悟，最後還是決定一起去孤兒院。

「身體變小這件事，除了我和姊姊之外，你還沒告訴任何人吧？」

「因為不想引發無謂的騷動。」

別說是沒告訴任何人，我甚至沒見過其他人。再加上現在這副身體能做的事也有限，在恢復原狀之前我決定靜靜待在家裡。不過現在另當別論。

不久後，孤兒院映入眼簾，還能看到夏洛涅在前面院子裡空揮鍛鍊的身影。

今天我請她事先請假，以協助指導教官。

「啊，米亞姊，早安！」

當我們走進孤兒院大門，夏洛涅便活力十足地跑向我們。這傢伙的反應還是老樣子像條小型犬。不過要是對本人這樣說，她一定會生氣吧。

「今天請多多指教喔，小夏。」

「好的，我才該這麼說……話說回來，這身打扮還真誇張。」

「只是為了提起幹勁。很奇怪嗎？」

「不、不會！我覺得很適合！」

「哎呀，好開心。」

……教官把客套話當真了，還真好騙。

「那個……話說回來，米亞姊，這位小朋友是怎麼回事？」

夏洛涅看著我問道。

當時教官的反應也相同，看來第一眼不會認為是我。

教官露出意味深長的笑容，拍了拍我的頭頂。

「聽我說，小夏。這孩子其實是小提喔。」

「……咦？」

夏洛涅的反應像是「這個人到底在講什麼……」。

「那個，米亞姊……胡說八道也要有點分寸。」

「我、我沒有胡說八道！可以不要露出一副真的很擔心的表情嗎？」

「可、可是，這孩子真的不可能是提爾啊。如果他真的是提爾，不就代表提爾變得這麼小嗎？這種事怎麼樣也不可能吧？」

這應該是非常正常的反應吧，不過我不打算花時間慢慢說服她。

「夏洛涅，很遺憾，就是我。」

「咦？」

「我是提爾．弗德奧特。因為某個惡魔的魔法，使得成長回溯。」

「呃……咦？」

大概是透過口吻來判斷吧，夏洛涅驚愕得睜大雙眼。

「不、不會吧……」

「是事實。」

我如此告知後，夏洛涅難以置信地走向我。

夏洛涅的身材嬌小，但現在我的身高只到她的胸口。

「……你真的是提爾？」

「是啊。」

「……比我還矮。」

「真是屈辱。」

「……我好像有點開心。」

「喂、喂，不要摸我的頭……」

「因為這種機會可能沒有下一次了啊。好乖好乖。」

夏洛涅露出感激似的表情，不停摸著我的頭。嘖，感覺有點害臊……

「果然大家都會忍不住這樣摸小提的頭啊。也許有某種挑動母性的要素。」

嗚……我想要現在立刻就消除那個要素。

「嗳，提爾，你這個小不點狀態會恢復原狀嗎？」

「會、會啊。這部分應該不用擔心。」

「是喔，那就好。」

解釋了我的處境後，我們接下來走進孤兒院內。

「你們幾個通通聽好～今天米亞姊來擔任大家的保姆喔。跟人家打招呼。」

因為教官偶爾會為孤兒院提供食品，因此教官與孩子們並非初次見面。

孩子們也不膽怯，紛紛向教官打招呼。

「那個，米亞小姐，今天請多多指教。」

年紀僅次於夏洛涅的大孩子，個性沉穩的少女米米微微低下頭行禮。

比她小一歲的朝氣女孩拉娜則說：

「哇！是女僕耶！米亞大姊姊當上女僕了？」

她跑向教官，二話不說就想掀起迷你短裙的裙襬，還真是了不起……更正，真是愚蠢的行為。

「嘿嘿嘿，是白的耶～！」

「不、不可以喔！拉娜妳在幹嘛！」

雖然教官連忙按住裙襬，但在場所有人都已經目擊了那片純白。

孩子們因此為她取了「白色小褲褲女僕」這樣露骨的綽號，緊接著他們不理會因此絕望的教官，將注意力轉向我。

在騷動一發不可收拾之前，我決定早點表明正身。

「咦……真的是提爾哥？」

「提爾大哥哥好可愛～！」

米米與拉娜顯露不同的反應後，開始摸著我的頭。

甚至連其他小孩子都圍上來，模仿她們的動作。

……我的頭又不是東國的地藏佛像。

「好了，那麼小孩子就交給提爾照料。米亞姊和我一起做家事吧？」

「好的，那就拜託妳指導了，小夏。」

「儘管交給我吧！」

教官的一日保姆活動就此開始。

我和孩子們嬉鬧的同時，教官首先和夏洛涅開始洗衣服。

畢竟是孤兒院，待洗衣物堆積如山，而且大多數都沾上難以洗淨的泥巴與汗漬。

因為教官之前只洗過不怎麼髒的成人衣物，孤兒院的洗衣工作想必相當辛苦。

實際上，教官看來是陷入苦戰。她請夏洛涅仔細指導洗去汗漬的方法，在水井旁憑著洗衣板與清潔劑和髒衣服奮戰。

儘管辛苦，經驗值應該也相當高。

「噯，提爾大哥哥。」

我這麼想的時候，正在跟我玩桌上遊戲的拉娜突然雙臂抱胸問我。

「幹嘛？」

「提爾大哥哥喜歡的是米亞大姊姊還是夏洛涅姊姊？」

「……啥？」

「果然還是米亞姊靠著胸部略勝一籌？是不是？告訴我嘛～」

「不予置評。」

「咦～？提爾大哥哥老是像這樣不講清楚，好奸詐喔……」

拉娜不服氣地嘟起嘴唇。

在旁看著我們對戰的米米看見拉娜的反應，輕聲笑道：

「說不定提爾哥喜歡的是拉娜喔？」

「咦？是這樣嗎，提爾大哥哥？嘻嘻嘻，真傷腦筋。」

「大可放心，我不會用這種目光看妳們。」

「啥？什麼意思嘛～！那提爾大哥哥到底喜歡誰啊！」

「——是我。」

就在這瞬間。

「提爾喜歡的是我。」

不帶感情的說話聲突然介入。

「是、是誰的聲音？」

拉娜縮起肩膀。

剛才傳到耳畔的說話聲，照理來說不可能出現於此。

但是既然聽見了，人肯定就在此處吧。

究竟躲在哪裡？我如此想著並掃視周遭，立刻發現緣廊的木地板下方，有一頭銀髮正從該處倏地探出來。

咿！當孩子們紛紛嚇得瑟縮在房間角落時，那頭銀髮左右搖擺，有如垂簾般的瀏海向兩側分開，

自那頭銀髮下露出的容顏，的確是艾爾莎的臉。

「我說妳啊……不要用這種妖怪般的方式登場。」

「一切都是出自於愛意。為了盡可能在提爾心中留下印象，我才會這麼做。」

「是、是喔……妳不用出任務？」

「今天早上感知到米亞和小不點聚集於此，我就請假跑來了。」

「妳有夠誇張的……」

話說回來——

「……妳認得出我喔？」

「當然啊，除了提爾不會是別人。」

艾爾莎自緣廊地板的下方爬出來，臉上一如往常面無表情，來到我身旁。

「無論外觀如何改變，我也能分辨。因為氣味相同。」

……這傢伙難道是狗嗎？

「更重要的是，現在的提爾超可愛。我已經無法忍耐。可以直接上你嗎？」

「算我求妳，不要在小孩子面前胡說八道。」

「溼了嗎？」

「我說妳啊……把妳的嘴巴縫起來喔。」

「拜託不要縫下面那張嘴。」

「…………」

我懶得繼續認真搭理她了。

不過艾爾莎對我身上的服裝起了興趣，對話持續著。

「符合提爾現在身材的這套衣服，上面都是縫補的痕跡。手工做的？」

「教官把不要的衣物組合起來幫我做的。」

前些日子，教官向莎拉小姐借了針線組，花了一整晚做她不熟練的針線活，親手為我做的。

「只要來找我，我就會為你做更好的說。」

「我看妳一定會拿頭髮代替線吧。」

「我才不會用頭髮，是用下面的毛。雖然沒長。」

「…………」

簡直是來自異次元的創意。除此之外，最後的情報不用告訴我。

「──啊，妳怎麼會在這裡！」

這時，大概是對教官的指導已經告一段落，夏洛涅從水井旁回到此處……還真是不巧。

「啊，沒特色的小不點。」

「誰是沒特色的小不點！要這樣講的話，妳單純只是一個大變態嘛！」

「耶~」

「不要面無表情地歡呼！妳會教壞小孩子，拜託回去好不好！」

「我拒絕。提爾所在之處就是我的安身之處。」

「提爾會很困擾！」

「會不會困擾不是由小不點決定，」

艾爾莎說完，蹲下身子與我四目相交。

「孤兒院的主人是提爾。如果提爾說我礙事，我就回去。」

「哎……是沒必要趕妳走啦，只是希望妳安分一點，別亂來。」

「那麼就把提爾擺在我的大腿上。這樣我就會乖乖的。」

艾爾莎跪坐般壓低姿勢，張開雙臂像是要我主動靠近。

「來，Come on。」

「只要我坐在那邊，妳就會安分？」

「會。」

既然這樣也無所謂。我這麼想著，坐到艾爾莎的膝蓋上。

「這樣就對了，好乖好乖～」

艾爾莎心滿意足地撫摸我的頭。

「要喝奶嗎？」

「妳哪來的奶能喝啊。」

「只要提爾幫忙就有喔。」

「到頭來妳還是不安分嘛。」

我只能告訴自己，艾爾莎本來就是這種人。

夏洛涅已經傻眼到懶得開口，孩子們則是依舊膽戰心驚。無論旁人對她有何看法，艾爾莎總是無動於衷。精神上的強韌別用在這種地方啦。

「呼，終於把衣服洗完了……」

這時好不容易結束洗衣工作的教官，一面捶著腰一面走來。

用洗衣板洗衣的過程中一直彎著腰，晾衣服時也為了從籠中取出衣物而屢次彎下腰，使得疲勞累積在腰部吧。

「教官，辛苦妳了。」

「……不過這才剛開始而已。」

意思是，孤兒院的家務可不只有洗衣服。

「哎呀……艾爾莎也來了？」

「嗯，我來打擾了。穿著那不符年齡的衣著在幹嘛？」

「才、才不會不符年齡！明明就還年輕水嫩！」

「會說出這句話，表示已經很老了。」

「唔……」

艾爾莎這句批評正中要害啊……

「喂！艾爾莎！不要戲弄米亞姊啦！」

「只是陳述事實就有戲弄的效果，那是米亞自己不好。」

……哎，也有道理。

「況且，明明都做這副打扮了，看起來卻不會好好服侍提爾，扣分。既然要當女僕就該像個女僕，用三張嘴讓提爾舒舒服服才對。沒錯吧，米亞？」

「妳對女僕的印象是怎麼回事……」

教官傻眼至極。

「女僕等於性玩——」

「不用講出來！」

「那我就不講出來了。話說回來米亞，練習家事和料理應該很辛苦。」

「是、是沒錯……不過只要是為了小提，要我再努力都可以。」

——為了我。

為了減輕我的負擔，教官正在學習做家事與料理。

而且漸漸有所成長。

這令我感激，同時也感到敬佩。

這樣順利進展下去，教官的賢慧度應該會大幅提升吧。

「米亞姊，接下來是打掃。」

「打掃啊……好，儘管放馬過來吧。」

像是再次提起鬥志，教官與夏洛涅開始打掃。

教官過去在自己家頂多只會掃地，但在孤兒院中，見到夏洛涅立刻拿抹布擦地，教官也模仿她開始擦地。

我先祈禱教官的腰不會壞掉吧。

兩小時後。

不只是擦地，就連澡堂都清掃完成後，教官疲憊不堪地來到我所在的緣廊。

「小、小提……拜託幫我打氣……」

教官看起來已經精疲力盡。

照理來說，教官對自己的體力很有自信，也許戰鬥和家事用到的肌肉不同吧。

結果就是耐力以驚人的速度消耗。

「米亞居然會變成這樣，孤兒院的保姆是黑心工作？」

「哎，確實不輕鬆。」

工作量與孩童人數成正比。

忙碌程度大概更在育有多名子女的母親之上吧。

夏洛涅在擔任葬擊士的同時勝任這份工作，仔細一想也許她真的很了不起。

「不過平常米米和拉娜都會幫忙我。今天米亞姊幾乎一個人扛起所有工作，應該比平常的我還要辛苦。」

而且現在是夏天。夏洛涅補上這句話，回到緣廊。

「所以說啦，你就照她說的好好給她打氣嘛。」

「雖然要我給她打氣，但是要怎麼做……」

「啊啊～感覺活過來了～」米亞教官這麼說，坐在緣廊上享受涼快的風。

對這樣的教官，我能給她什麼？

我能辦到的事恐怕很有限。

但是總比什麼都不做要好，於是我——

「教官，請加油。」

我說著，來到教官背後揉捏她的肩膀。其實我想幫她按摩腰部，但是現在應該只是暫時休息，就時間上來說不夠。

教官的臉微微偏向我，對我投以淺淺的微笑。

「啊，謝謝你。」

「不會，我也只能幫上這點忙。」

「很夠了，完全恢復。」

這點程度的小事，當然不可能消除她的疲勞，但教官將倦色自臉上抹去，倏地站起身。

「好了，小夏，我們開始解決下一件事吧。」

「了解。接下來是準備午餐喔。」

聽她這麼一說我才發現，已經到這個時間了。

「我也參與料理午餐。」

艾爾莎提出這種要求……我有種麻煩事即將上門的預感。

「為什麼妳也要參加？」

「只要抓住孩子們的胃，他們肯定會支持我與提爾成婚。」

……真是心懷鬼胎。

「就這樣了，大家進廚房。」

「等、等一下！沒有人說妳可以參加啊！」

「我心中的提爾說好。」

「妳有幻覺喔？」

「所以我要參加。米亞，分個高下吧？看誰做的料理比較好吃。」

「啊！妳到底是怎樣啦！」

不理會夏洛涅的制止，艾爾莎已逕自走向廚房。

「哎，有什麼關係呢？小夏。小比試而已，我就接受挑戰吧。」

「可、可是那個女跟蹤狂的廚藝還滿有一套的喔！」

「我知道啊。」

「所以要是真的一較高下，米亞姊的料理可能只會是陪襯……」

「哎呀，原來是這樣，妳在為我擔心啊？」

教官溫柔一笑，回答：

「謝謝妳，小夏。不過別擔心，我不會輸的。只要做出比她更好吃的東西就可以了吧？」

「話是這樣說沒錯……」

教官雖然說得簡單，但應該很難。

艾爾莎的料理能力莫名地高。

相較之下，教官的廚藝還有待磨練。

在比試開始之前，結果就已經很明瞭了……

「好，我也得進廚房才行。」

教官毫不畏懼地走向廚房。

唉，這下子會怎麼樣啊？

「……我是不是去為米亞姊助陣比較好？」

「不要比較好。」

想提升自身的某種能力時，最好還是有競爭對象最有效。

教官應該也理解這件事，還恰巧有了這樣的環境。

而且她的個性不服輸。

教官會幹勁十足地接受挑戰也是理所當然，不應該妨礙她。

「就算妳要幫忙，最好僅止於準備器具之類的工作就好。在這之外的協助，我想教官也不願意。」

「說得也是，我懂了。那提爾就繼續陪小孩子玩吧。」

「知道了。」

我對著離開緣廊的夏洛涅背影回答。

（接下來……）

這場比試的評審恐怕是孩子們。

既然如此，勝負關鍵就在於能否做出孩子們喜歡的菜色。

從這條件來看，教官也許還是有些勝算。

我只能先祈禱，希望不要是慘不忍睹的結果。

一小時後。

料理時間結束，餐廳的餐桌上陳列著艾爾莎與教官的料理。

「——自信作品。」

抬頭挺胸的艾爾莎如此說道。她做的是適合夏天的冷湯。

更精確地描述，她自稱這是紅蘿蔔、甜椒與菠菜製成的冷濃湯。考慮到孩子們的健康，為了避免熱衰竭而精心製作的菜色。

「全都是綠的耶……」

拉娜呢喃。如同她的反應，老實說這道湯看起來不受孩子們的歡迎。

我面前也擺了個裝滿冷濃湯的深皿，確實一片綠。

的確很難承認端上桌時這顏色會讓人開心。

另一方面——

「咦？這樣看來，我該不會有勝算吧？」

見到孩子們對冷濃湯的反應，米亞教官開始緊張起來。

教官做的是大量的炸雞。

完全符合簡單又美味這描述的王道菜色。

裝在大盤子中的炸雞，飄散著還不差的香氣。

「米亞大姊姊做的菜看起來好好吃！」

果然孩子們喜歡的還是炸雞。

如果在這個當下採多數決，肯定是全場一致決定教官獲勝。

但重點還是在於實際品嚐後的評價。

「總之先從冷濃湯開始吃吧。」

夏洛涅催促大家。

夏洛涅在料理的過程中一直近距離觀察，應該也試吃過才對。

誰比較有贏面，我想她心裡有數

夏洛涅明知如此，卻提出要從冷濃湯開始嚐起，也許暗藏某些用意。

也許她已經確定做炸雞的教官會勝利，所以把艾爾莎當作暖場的？

（哎，總之先吃吧……）

還是應該親自嚐嚐看。

我和孩子們對食材獻上感謝之意後，用湯匙將冷濃湯送進口中。

然後——

「嗯……感覺好像……還不差？」

米米自言自語著，將第二匙送進口中。

其他孩子們也紛紛將第二匙送進嘴裡。

我也一樣。

味道比想像中要好。

甚至算得上相當美味。

口中洋溢著從那綠色外觀無法想像的甘甜風味，要說是甜點似乎也不太對，但沁涼清爽的口感確實適合當夏日的午餐。

的確有她自稱「自信作品」的理由。

（可是……）

儘管冷濃湯美味，但是對手太過強大。

若評審是口味挑剔的成年人，製作這樣的冷濃湯的艾爾莎奪得勝利也不足為奇。

但評審是孩子們。

小孩子想必會選炸雞吧。

「那接下來，大家吃吃看米亞姊做的炸雞。」

夏洛涅宣布開動。

瞬間，孩子們爭先恐後地分光了大盤子中的炸雞。

不愧是炸雞，真是超人氣。

「唔……只要能靠味道取勝，我還是有機會獲勝……」

見到孩子們對炸雞如此狂熱的情景，艾爾莎不甘心地呢喃。

雖然她說要靠味道取勝，但是要憑著美味程度勝過炸雞，這件事本來就困難至極。

炸雞基本上無從失敗。

換作是過去的教官可能會搞砸，但現在已經不同了。

雖然看起來稍微有些炸太久，不過完全找不到除此之外的問題。

炸過頭的酥脆口感，甚至可能反而是加分要素。

（這次是教官贏了。）

雖然我還沒品嚐，但已經篤定是教官獲勝。

教官在戰鬥中有所成長了。

光是在這場比試中選擇炸雞的眼光就很敏銳，實際上，將炸雞做好的手藝也值得讚賞。

過去讓石窯噴出黑煙的那個教官，已不存在。

我為了這個事實感動的同時，將叉子刺進分配到的炸雞，送入口中。

孩子們臉上洋溢著期待，同樣將炸雞送入口中。

下一瞬間——

「「「「「「嗯……？」」」」」」

我——不對，咀嚼炸雞的我們所有人……

「「「「「「…………」」」」」」

默默地歪過頭。

（這是什麼……？）

似乎有些不太對勁。

不，其實不是似乎，而是味道擺明了有問題。

咬下第一口的瞬間，那味道就讓身體拒絕再咬一口。

背叛期待的程度，有如把海綿蛋糕放進口中卻發現那是真的海綿。

我戰戰兢兢地咀嚼。越是咀嚼，奇妙的味道越是充滿口中。

沒錯，這味道就好像——

「嗚噁，好像牙膏……」

拉娜說道。

牙膏。

沒錯——這炸雞有種牙膏的味道。

「怎、怎麼樣？應該很好吃才對吧？」

教官緊張兮兮地問。

「炸這些炸雞的時候，我嘗試放了很多切細的薄荷葉一起炸。」

很、很多薄荷葉……？

……為什麼妳會覺得這條路行得通呢？

「因為我看到孤兒院的後院裡長了很多薄荷，就想加進去。」

在教官說明的同時，我將視線轉向夏洛涅。

明明有妳在場，為什麼會演變成這樣？雖然我一時這麼想，但夏洛涅只是遵守與我的約定，沒有插手干涉而已。

所以這狀況完全是……教官自己所導致的吧？

「……加薄荷完全是出自好奇心嗎？」

「不是啊。現在是夏天嘛，我想說加了薄荷應該會有種涼爽的感覺吧。」

看來她添加薄荷的理由還算出自良心。

不過，這仍是致命的錯誤判斷。

「咦？該不會……其實不好吃……？」

事到如今，教官也從我們的反應之平淡察覺了真相。

聽她這麼問，我們也只能擺出不置可否的表情保持沉默。

「我就知道，米亞做的菜根本不能吃。這次是我贏了。勝利。」

艾爾莎面無表情地雙手比出V字手勢，洋洋得意地呢喃。

雖然還沒有表決，但看來事實如此。

已經連多數決都不用了。

因為期待遭到背叛，教官的炸雞處於壓倒性的劣勢。

甚至上演了想用冷濃湯洗去薄荷味的情景。

這場勝負已是艾爾莎的勝利，我沒有異議。

而且這氣氛看來已經無法顛覆。

「對喔……」

在這凝重的氣氛中……

「也對……哎，這很正常吧。」

教官無所謂般說道。

她漸漸理解到自己的敗北，強撐起開朗的表情。

接連吐出說服自己接受般的話語。

「仔細一想，瑟伊迪也說過不要發揮無謂的創意。她的意思就是，我自作主張做些多餘的事就會變成這樣。要反省啊。」

教官說著，咬了自己做的炸雞一口。

「啊哈，實際上一吃就知道其實不怎麼好吃嘛。這樣大家當然不會開心。」

她否定了。

否定了自己做的料理。

一面否定一面開朗地笑著。

那看起來像是痛徹心腑的強顏歡笑。

（教官……）

想著大家肯定會開心而做的料理，最終不被任何人接納。

這樣的事實肯定很讓人傷心。

教官臉上掛著笑容，但是她似乎還是無法完全假裝自己的心情，眼角似乎浮現了些許的淚光——

那模樣我實在看不下去。

那麼，我該怎麼做？

沒有其他答案。

「——我開動了。」

不知不覺間，我已經從大盤子中拿了一塊新的炸雞。

緊接著送進嘴裡咀嚼。

薄荷的氣味充斥在口中。

但我還是咀嚼著，硬是吞嚥至喉嚨深處。

「……小提？」

教官愣愣看著我，夏洛涅與艾爾莎以及孩子們都一頭霧水地盯著我，這時我接著咀嚼下一塊炸雞。

「小提你、你在做什麼……？」

「吃炸雞。」

「……為什麼？」

「因為想吃啊。」

「因為想吃……？不行啦，這種東西根本不好吃……」

教官來到我身邊，想阻止我繼續吃。

但是我不理會她，只管繼續吃。

「很好吃啊。」

「咦……」

「我是說真的。」

我如此表明，又吃了一個。

眼淚不適合教官。

強顏歡笑也不適合。

既然要笑，我希望她的笑容發自內心。

為此我非吃不可。

教官為我們所做的這些料理。

無論味道吃起來是好是壞，都確實灌注了教官的愛情。

「提爾大哥哥好猛喔。呵呵，提爾大哥哥該不會對米亞大姊姊——好痛！」

「不要捉弄人家。」

夏洛涅伸手一拍拉娜。

「小不點在裝乖乖牌。」

「什、什麼嘛！我當然也會有點羨慕米亞姊。」

「我也很不甘心。明明在比賽上贏了，卻有種輸了裡子的感覺。」

艾爾莎咬著拇指，鬧彆扭似地說道。

「……真是的，小提真是大笨蛋……」

而教官眼角的些許淚光，累積為淚珠滑落。

教官眼眶中盈滿的淚水，已經多到非擦不可。

（可惡……）

我想要她露出笑容才吃的，看來我失敗了。

但是，儘管如此──

那淚水肯定……

──我希望那真的出自喜悅。

在這之後，我獨自一人把剩下的炸雞全部吃完了。

用這具孩童的身體吃得太多了，讓我現在有點難受，橫躺著休息。

孤兒院的其中一個房間。

我以前使用的房間。

沒有其他人在的這個房間裡，我在目前沒有主人的床鋪上仰躺著。

這時──

「小提，我要進去了喔。」

敲門聲與這句話一同傳來，房門隨即推開。

正是教官。

她眼中已經沒有淚光。表情一如往常的教官關上門後，走到床邊，將附近的椅子拉到身旁坐下。

「身體還好嗎？覺得沒那麼難受了？」

「嗯，好很多了。」

雖然還是覺得胃有點脹，但僅只如此。

「……太好了，沒出什麼問題。」

教官放心地鬆一口氣，磨蹭般撫摸著我的頭髮。

「為什麼要那樣逞強？」

「雖然我很高興，但我總是告訴你不要逞強吧？」

她所說的逞強，當然是指我吃光所有薄荷味炸雞。

「這不是逞強。」

「那就是逞強。」

「並不是逞強。」

一旦承認那算是逞強，就等於宣告教官做的炸雞不好吃。

所以，我會一直堅持那不算逞強。

「太逞強了。」

「真的不會。」

「真是的，有夠頑固……」

教官苦笑道。

「但是，還是很謝謝你……你願意吃，我很高興。」

「那是當然的。」

「呵呵……身體這麼小，言行舉止卻這麼紳士，很有趣呢。」

看著微笑的教官，我心想果然還是笑容適合教官。

教官已經恢復為平常的樣子，真是太好了。

「話說回來……妳有空來找我嗎？」

「沒問題。洗完餐具之後，暫時沒事了。就預定行程來說，之後只有哄孩子們睡午覺而已。不過小夏和艾爾莎正在幫我做這件事，實質上來說，一日保姆的活動已經等同結束。」

「是喔……辛苦妳了。」

「真是累壞了。不過，我覺得應該累積了不少經驗值。」

「我想也是。」

單論洗衣和清掃，教官應該經歷了相當的磨練。

就算是料理，今天的比賽也絕非白費。

「關於那個薄荷味炸雞，如果把薄荷的量減少到十分之一以下，我想應該會更美味。」

「要減少到十分之一？呵呵，你的意思就是今天的炸雞其實不好吃吧？」

「不、不是那個意思……」

「沒關係啦，我明白。」

教官平穩地繼續說道。

「失敗就是失敗。今天的比試，毫無疑問就是嚴重失敗——不過啊，把這些失敗當作墊腳石，我才會成為更好的女人。」

教官直望向前方，已經拋開負面情緒的糾纏。

大方承認失敗，一心只想著繼續向前進。

教官這種個性正是我該學習之處。

「接下來，小提也要睡午覺嗎？」

「……睡午覺？」

「對啊。孩子們有那兩個人看著，既然這樣，我就來哄小提睡覺吧。現在的小提也是小孩子嘛。」

語畢，教官在我身旁躺下。

「咦？等、等等……」

「我陪你一起睡吧。」

「可、可是……」

「沒關係、沒關係。」

我只能任憑擺布，被她拉進懷中。

彼此毫無空隙地緊貼，我的臉埋進教官的胸口。

「教、教官……碰到胸部了……」

「沒關係啦。雖然害臊但反正是小提嘛……這種事只有對你才做得出來。」

教官害臊地笑著。

「你可以把臉埋得更深一點喔……這是只屬於小提的枕頭。」

「呃，還是算了……要哄我入睡的話，只要做好這一點就好……」

「是喔？話說我現在才發現，哄小孩子睡覺好像和家事與料理沒什麼關聯耶。」

「哎、哎，確實相關性不大……」

「不過，有一天孩子誕生之後，這也是絕對會派上用場的技能。」

……教官的孩子。

雖然目前還不存在，但我不認為永遠都不會存在。

總有一天，教官一定會生下她的孩子。

有幸成為孩子父親的人究竟會是誰？

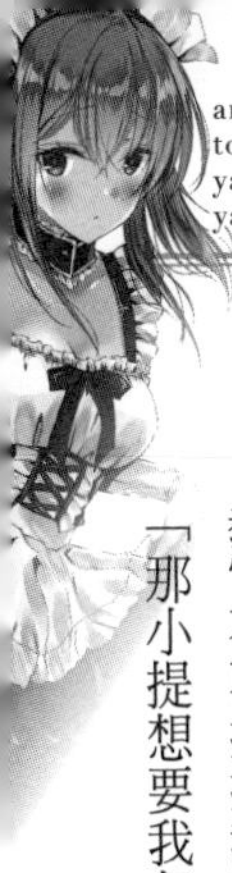

（……我也希望是我。）

不過，未來的事誰都不曉得。

雖然不曉得，但正因如此，我必須努力——

（為了能和教官結為連理而努力。）

我這麼想著的時候，教官開始循著一定的節奏輕拍我的胸口。

「哄孩子睡覺就像這樣嗎？我有印象以前母親也是這樣輕拍著我。」

以前……母親……

……我也曾接受過這種慈愛嗎？

雖然沒有記憶，但應該有過吧。

不是來自母親，而是那位保姆。

「怎麼樣？想睡了嗎？」

「不……這大概只對嬰兒有效而已。」

「是喔？」

「我聽人說過，這樣會讓嬰兒回想起待在母親體內聽見的心跳而平靜下來。」

「原來如此……孩子長大到一定程度就沒效果了啊。」

教官不再拍打我的胸口，轉而在我耳畔細語：

「那小提想要我怎麼做？要怎樣才會想睡？」

「只要單純躺在旁邊就很夠了……」

「是喔？那就把眼睛閉起來吧～」

聽她柔和地這麼說，我閉起眼睛。

感覺到教官的暖意近在身旁，就感到安詳。

換作是其他人這樣貼近在身旁，再加上正值盛暑，也許只有不快的感受。

但現在是教官，再近也不會感到不快。

「該睡了喔，小提。」

她在我的額頭上輕吻。

只不過是晚安吻罷了，我也不至於害臊。

我置身平靜祥和的心情中，不知不覺便步入夢中世界。

夢。

——夢中世界。

在上次的夢境中搖搖晃晃地學走路的我，這次大概是累了，正在睡覺。

保姆的身影依舊模糊不清，我在她懷中沉睡。

她輕拍著我的背。

大概是很舒服吧，我完全沒有清醒的跡象。

『好可憐。』

保姆吐出與之前同樣的話語。

她又一次說我可憐。

到底……有什麼可憐？

被人自作主張地認定可憐，實在讓人不舒服。

如果我能干涉夢境就好了。

如果我能直接逼問夢中的保姆就好了。

不過，既然這場夢呈現了現實中的記憶，就沒有任何干涉的餘地吧。

萬一真的能夠干涉，就不再是現實中的記憶。

同樣的道理，既然這場夢不允許干涉，反過來證明了這是現實的記憶。

我已經遺忘的過去記憶。

我正看著自己的記憶。

為什麼最近會一直夢見過去的記憶？

搞不懂原因。

雖然不懂，但是那狀況與其說是回憶起遺忘的事物，更像是原本被水壩堵住的水流，因潰堤而再度奔流。

這讓我覺得，這段記憶是被人刻意封印住的。

由於封印減弱，記憶開始溢出。

溢出的記憶轉變為眼前的夢境。

我強烈地這麼認為。

假使真的是這樣，封印這段記憶的意圖又何在？

是誰為了何種目的而封印？

（目前……還不清楚。）

謎題依舊難解，夢境尚未結束。

夢境一直持續著，我好一段時間眺望著那情景，但是到頭來仍舊沒有任何新發現。

幕間　米亞・塞繆爾的思慕II

「小孩子真好……」

「咦？怎麼突然這麼說？」

常去的那間酒吧。

聽見我沒由來的低聲呢喃，瑟伊迪一臉不可思議地上鉤了。

「小孩子真好……米亞應該還沒有小孩子吧？——啊！該不會是私生子？利用妳那誘人的肉體魅惑多名男性，最後生下了連父親是誰都無法分辨的可憐孩子，一定是這樣對吧！」

「才沒有！」

這是哪門子的妄想啊！那樣我簡直是無可救藥的賤貨嘛。

「哎，我想也是，私生子簡直是天方夜譚。況且米亞至今還是純情少女。」

「……這方面就不用提了。」

「話說回來，小孩子是指什麼？」

「這個嘛……」

因為小提事先就准許我「如果對方是瑟伊迪小姐，要當成話題也沒關係」，於是我便向瑟伊迪解釋了目前小提的身體發生的現象。

「咦？提爾現在變小了？」

「對啊，比和我相遇時還要小……真的超級可愛。」

青年期的小提當然也萬分迷人，不過少年期的小提真是超可愛的。

不只是可愛，還維持著青年時期的沉穩個性，簡直是棒透了。

睡著時那張可愛的睡臉有如天使。

前幾天的一日保姆活動結束後，在回程時小提沒有醒來，於是我便揹著他一路走回家。光是這樣就讓我感覺好幸福。

「真好～我也想親眼看看。我也想揹他～」

「不准。」

「毫不通融啊！」

「因為瑟伊迪一遇見那個小提，感覺就是會做些怪事。」

瑟伊迪對小提也滿狂熱的。

「我絕對不會亂來！向神發誓！」

「真的？」

「真的！所以拜託只要讓我見一面就好！拜託這次的假日讓我稍微看一下！求求

妳，米亞！不，米亞大人！」

「嗯……」

我當然想要將那份可愛據為己有。這種對手光是有姊姊一個人就很夠了。

不過，我也有種想要炫耀的心情。

稍微看一下而已，應該沒什麼關係吧？

「知道了啦。只是看一眼的話，是沒關係。」

「太好了！」

瑟伊迪倏地握緊了拳頭，隨後這麼說：

「既然這樣，我會先跟認識的攝影師借照相機喔！」

未免太認真了吧……這就是小提狂熱者……！

第四章　最後的時間

今天就是第七天。

成長被強制回溯後，今天是第七天。

第七天的——早晨。

我清醒後，發現自己的身體還沒有恢復原狀。

（還沒嗎……？）

雖然不覺得這副身體不方便，但行動範圍受限還是很難受。

因為我想盡可能隱瞞成長回溯的現況，因此過去這六天都無法前往市區，完全閉關在家裡。

而且教官還會搶先做好家事和料理。

教官去工作時，莎拉小姐則會搶在我之前做好。

我完全被她們養在家裡。

純粹培養。

有如掌上明珠。

這不就是我一直以來最不願意成為的小白臉嗎？

今天是第七天，應該能恢復原狀才對。

（萬一沒有恢復原狀，她是要怎麼負責……）

我想我肯定會有種想逼問撒旦妮亞的心情。不過，那個女童外貌的惡魔對我施了成長回溯的魔法之後，再也沒有出現在我面前。

到頭來，她的目的究竟何在？

讓我的身體適應覺醒的王之血，然後她有何打算？

包含謎樣的夢境，搞不懂的疑點不勝枚舉。

（哎，這先不管……總之先起床吧。）

我下了床，走向客廳。

「早安，小提。你今天也很早起呢。」

一身女僕裝扮的教官已出現在客廳。

教官比我還早起床，這已不再是稀奇的景象。

「早安，教官……該不會又挑戰做麵包吧？」

教官看起來正準備早餐，動作很明顯在揉麵糰。

「對啊，再次挑戰。這次我不會搞砸的。」

說完，教官沒有忘記靜置麵糰使之發酵。

這段時間，她著手洗衣和打掃。

有效分配時間，俐落地行動。

教官的家事與料理技能確實向上提升了。

看來之前在孤兒院的經驗果真相當顯著。

「米亞真是教人刮目相看啊，只花了短短一星期。」

不久，莎拉小姐也起床來到客廳，見到教官在庭院中飛快晾起洗好的衣物，如此感嘆道。

「不過還是我更勝一籌。米亞在裁縫方面還是初學者。」

她看著我的衣服說道。

滿是縫補痕跡的孩童衣物。

這原本是教官幫我縫製的，但是穿著穿著就漸漸解體，我便請莎拉小姐幫忙修補。論手指的靈活程度，是莎拉小姐壓倒性獲勝。畢竟莎拉小姐可是聲名遠播的名匠艾爾特．克萊恩斯。

「話說這件衣服，說不定今天就是最後一天穿了吧？」

「是的。不過不再使用之後，我還是會好好珍惜。」

「這句話別告訴我，要跟米亞講才行。畢竟是米亞做的。」

「但修補是莎拉小姐的功勞。」

「所以你會好好珍惜？討厭啦～提爾真是好孩子耶。親你一下表達謝意吧？」

「親、親吻就能表達謝意這種思考模式，可不可以請妳改掉啊……？」

「咦～你這傢伙很挑剔耶，用不著客氣也沒關係喔～」

莎拉小姐如此說著，不懷好意地笑著靠近我。

這時教官回到客廳。

「啊！姊姊妳又來了！講過幾次了，給我住手！」

「討厭！怎麼回來了啊～悠悠哉哉晾妳的衣服不就好了。」

「真是不能鬆懈耶……」

教官傻眼地這麼說著，回過頭繼續做麵包。

將靜置的麵糰分成數塊，送進石窯中。

為了注意火力，完全無法離開石窯，教官聚精會神直盯著石窯。

之後又過了一段時間——

「完成了！」

米亞教官伸出戴著厚手套的雙手，從石窯中取出盛著麵糰的鐵板。

剛才排列在上頭的麵糰，現在已無法稱之為麵糰，明顯膨脹而且表面被烤成淺褐色。

毫無疑問是小麥麵包。

「教官，成功了啊。」

「是啊，也沒有添加多餘的創意，很完美。」

教官眉開眼笑。見到這樣的教官，我也很開心。

「嗯~感覺還有點不夠蓬鬆啊？」

嘴上雖然這麼說，但莎拉小姐也掩不住喜色。

在這之後，再加上額外烤的香腸，我們一起品嚐了小麥麵包。

吃飽後，莎拉小姐再次為了蒐集材料出門，家中剩下我和教官兩人獨處。

剛才趁著麵糰靜置發酵的時候，教官已大致完成了清掃與洗衣，因此教官現在正在休息，優雅地啜飲紅茶。

「雖然是理所當然，但和孤兒院相比，自己家的家事真輕鬆。」

「我想也是。」

我想應該沒有比保姆更辛苦的職業了。

相較之下，普通的家事只是小事一樁。

就像武鬥家取下沉重的腳鐐後變得身輕如燕。

「啊，我想差不多該到了吧。」

教官抬頭看向掛在柱子上的時鐘。

「差不多該到了？有訪客嗎？」

「也不需要用訪客這種字眼稱呼啦。」

「哦……？」

到底是誰會來啊？

我這麼想著——沒過多久，玄關大門傳來敲門聲。

「啊，好像到了。」教官這麼說著，走向玄關。

我側耳傾聽，聽見了「歡迎光臨」和「打擾了」的對話聲，隨後，與教官不同的腳步聲，和教官一同靠近客廳——

「哎呀，提爾的身體還真的變小了呢。呵呵，好可愛。」

「瑟伊迪小姐？」

這位姣好的女性是葬擊士協會帝都中央分局的櫃檯小姐，同時是教官的好友。

眼前這位訪客，毫無疑問是瑟伊迪小姐。

將蜂蜜色的頭髮綁在後腦杓的模樣，和平常毫無二致。

「不知道怎麼了，她一直堅持要看變小的小提。」

「是的，所以我就來府上打擾了。」

簡單說，就是出自好奇心來看我吧。

我是無所謂，但覺得意外。

瑟伊迪小姐居然對我有興趣。

「這是一點伴手禮，不嫌棄的話之後請慢慢享用。」

語畢，瑟伊迪小姐將不知哪間甜點舖的紙袋擺在桌上。

此外她還拿著一個樂器盒似的黑盒子，那究竟是什麼？

「噯，話說米亞啊。」

「怎樣？」

「雖然我剛才故意不提，但妳這身打扮是怎麼回事？」

「看了不就知道？女僕裝啊。」

「妳都幾歲了？」

「唔……」

瑟伊迪小姐一句話正中要害，令教官身受重傷。雖然莎拉小姐和艾爾莎都這樣說過，但她似乎沒有因此習慣。

「真、真的超齡了嗎……？」

「妳想想，二十六歲穿女僕裝喔？」

「二十六歲也可以穿女僕裝吧！」

「而且還是迷你裙耶？」

「我平常的制服就是迷你窄裙啊！」

「不過穿著這套衣服，看起來完全就是那種店的人喔。」

「停、停下來！不要把我自己隱隱約約有自覺的事實擺到我眼前！」

被瑟伊迪小姐戲弄，教官慌張得手足無措。

看著她這樣的反應，倒也滿愉快的。

「哎，戲弄米亞就到此為止，重點還是提爾。」

瑟伊迪小姐將行李放下後走向我。

「真令人吃驚，原本那樣精悍的提爾居然變得這麼迷你。」

我坐在椅子上，瑟伊迪小姐則是在我眼前蹲下，直盯著我的臉瞧。

因為視線變得幾乎等高，不由得飄向瑟伊迪小姐寬鬆衣物的胸口處。和教官相較之下十分苗條，從隙縫可窺見的乳溝近乎平坦，內衣卻異常香豔——啊，這個人可是人妻喔，不可以用奇怪的眼光看啊。

「噯，提爾，我可以摸摸你的頭嗎？」

「可、可以是可以……」

「太好了！那我就不客氣地直接開摸喔。」

瑟伊迪小姐一面摸著我的頭，一面喃喃說著「好乖好乖」。

為什麼她們這麼喜歡摸別人的頭啊？

如果能查明這個謎底，在學會上發表，也許會是本世紀的重大發現……應該不會吧。

「啊啊～這種感覺真棒……小孩子果真寶貴。」

「嗯？話說瑟伊迪還沒有計畫生小孩嗎？」

「沒有啊。」

瑟伊迪小姐笑得有些寂寞。

「我家老公，不太喜歡小孩子。」

「咦……這樣喔？」

「哎，其實無所謂啦，就跟提爾玩來填滿這份空虛吧。」

瑟伊迪小姐邊摸著我的頭邊這麼說，並提出更進一步的要求。

「對了，提爾，可以讓我抱一下嗎？」

「……這個嘛，當然是可以。」

聽了剛才那有些寂寞的表白，我也失去抗拒的心情。

「謝謝你。不好意思……」

瑟伊迪小姐站起身，把我的身體從椅子上抱起來。

雖然我的身體年紀小，她卻能輕而易舉抱起並非嬰兒的我，讓我實際感受到這個人的確是葬擊士。

「原來如此……是這種感覺啊。」

把我抱在懷裡，瑟伊迪小姐感觸良多地呢喃。

「怎麼樣？瑟伊迪，小提很棒吧？」

「是啊，真想就這樣帶回家。」

「不、不可以喔！」

「真可惜。」

「況且沒意外的話，小提今天就會恢復原狀，妳帶他回家也沒意義。」

「啊，這樣喔？不過把變回原狀的提爾帶回家，好像也可以啊。」

「不行吧！妳這樣就是外遇了！」

「是沒錯啦……不過，提爾個人的意見如何呢？」

「咦？」

……什麼意思？

「提爾不想跟我外遇嗎？」

「——唔！」

這個人在講什麼啊！

「喂、喂！瑟伊迪！拜託不要讓小提為難！」

「呵呵，說得也是，到此打住吧。」

看來應該只是開玩笑。

……應該是開玩笑吧？

「嘿咻……呼，提爾，謝謝你的配合喔。」

瑟伊迪小姐把我放回椅子上。

明明只是被她抱著，不知為何覺得很疲憊……

「現在開始，要請提爾擔任我的模特兒。」

模特兒？

我歪過頭時，瑟伊迪小姐伸手拿取她帶來的黑色盒子。

裡頭裝著一台照相機。

「妳還真的帶來了……」

「當然，得將這個瞬間收藏在底片中啊。洗出來之後我會給米亞一份。」

「啊，真的嗎？那妳盡量多拍一點！」

……教官還真現實。

「好，要拍了喔。」

站在組裝好的照相機後頭，瑟伊迪探頭盯著快門瞧。

「呃……我只要單純坐著就好了嗎？」

「這樣就很夠了。目前這樣就好。」

換言之，接下來還有很多花樣。

「好，提爾，請面對我這邊～」

我聽從瑟伊迪小姐的指示，轉頭正眼看向鏡頭。

「哦哦，很不錯喔～不過可以請你稍微笑一下嗎？」

「像、像這樣？」

雖然我不擅長露出笑容，但還是努力擠出微笑。

「很棒喔。那我要拍了。」

像這樣拍了好幾次之後，瑟伊迪小姐來到我身旁。

「那麼接下來我想和提爾一起拍。米亞，可以拜託妳幫忙拍照嗎？」

「不公平，都是瑟伊迪嚐到甜頭。」

「之後一定會換妳啦。」

「那就好……」

教官暫且接受之後，瑟伊迪小姐先是抱起我，在我剛才坐的椅子上坐下，最後讓我坐在她的大腿上。

「嘿咻。這樣就做好拍照的準備了，完美。」

對我而言一點也不好。瑟伊迪小姐的胸部抵在我的背後。小巧卻是人妻的胸部。換個角度來看，稀有度比單純的巨乳更高，讓我不由得特別注意。不行，快點開始數質數……！

「那我要拍了喔。」

在教官拍攝的過程中，我一心一意期望這段時間盡早結束。

然而事與願違，我與瑟伊迪小姐的合照還伴隨著屢次的構圖變更，持續了足足三十分鐘。這段時間過去之後——

「呵呵呵，那接下來換我了喔♪」

教官喜孜孜地來到我身旁，與瑟伊迪小姐交換位置。

（哎，這也是可以想見的情況……）

雖然早已預料到了，但我覺得很累，也很害臊。

（真希望她放過我……）

雖然我這麼想，但也不能說出口讓教官失望。

於是——在這之後同樣花了大約三十分鐘，我陪伴教官繼續拍照。

「呼，真的非常感謝你。」

表情心滿意足的瑟伊迪小姐向我道謝。

最後在我和教官的三十分鐘合照結束後，又額外追加了三十分鐘左右的拍照時間，我在這個上午可能已經體驗了平常人終其一生可能體驗的拍照經驗。

「那我今天差不多該告辭了。」

語畢，瑟伊迪小姐開始收拾照相機。

「嗯？這麼快就要回去了？中午快到了，在我家吃飽再走嘛。」

「其實下午開始是工作時間，我差不多該回去做準備。」

「喔喔，這樣啊，辛苦妳了。」

教官如此慰勞時，瑟伊迪小姐將照相機收進黑盒子中，扛在肩膀上走向玄關。我和教官則一同送行。

「瑟伊迪，路上小心。」

「好的，兩位也請好好休息喔。啊，對了。」

瑟伊迪小姐手按著玄關大門，在最後回過頭來。

「提爾，請當心格剌西亞·拉波斯。」

「咦？」

「那麼，之後再見面吧。」

瑟伊迪小姐只留下這句話，就離開了教官家。

我和教官愣愣地站在原地。

「……為什麼提到格剌西亞·拉波斯？」

——格剌西亞·拉波斯。

這名字指的是惡魔的高級幹部——極星一三將軍之一。

過去從來沒有進攻人類領域的紀錄，有關情報除了他是位居極星一三將軍的雄型惡魔之外，其他一切幾乎都包覆在謎團中。

要我特別當心，究竟是什麼意思？

「喂，瑟伊迪，妳到底想講什麼……啊，人已經走了。」

教官推開玄關大門走出門外，但是瑟伊迪小姐的身影似乎已不見蹤影。

教官一副無可奈何的表情回到房內，看向我的臉。

「總之我們先吃午餐吧？」

「……說得也是。」

雖然有些事令人掛心，但是再怎麼想也無法得到答案。

我們回到客廳，決定先用午餐。

「話說回來，瑟伊迪帶了伴手禮來。」

教官看著擺在桌上的甜點舖紙袋。

「裡面裝的應該是蛋糕吧。」

「早一點吃掉比較好吧。小提，就吃這個當午餐好嗎？」

「沒問題。」

我這麼說完，教官便將手伸進紙袋中。

然後她取出一個紙盒。

打開盒蓋，裡面裝著的是磅蛋糕。

外觀看起來類似東國的蜂蜜蛋糕，口感大概也相去不遠。

嗅了嗅氣味，主要應該是奶油口味。

除此之外還有一絲甘甜，這是什麼味道？

「哎呀，好像很美味呢，趕緊切一切吧。」

教官將磅蛋糕端進廚房中。

花了不到一分鐘，擺在盤子上的數片磅蛋糕便送到我面前。

教官也準備好自己的份之後，我們開始用餐。

「嗯～真好吃。瑟伊迪帶來的伴手禮真是沒話說。」

教官細細品味著磅蛋糕，神情顯得十分陶醉。

這份感受我也明白。

除了奶油的鹹味之外，還有某種甘甜適中的風味。

而且口感溼潤綿密，好像不需要咀嚼，入口即化。

我的胃口隨著身體變小而縮小，只要教官幫我準備的這幾片蛋糕就足夠了，但教官又為自己多切了幾片。

「啊啊，真好吃～」

她的神情洋溢著幸福。

光看那表情，不知怎地連我心中也充滿了幸福。

「噯，小提，這個合小提的胃口嗎？」

「是的，我覺得很好吃。」

「就是說啊～很好吃吧～嗯呵呵～」

教官還真是興高采烈。

話說回來，她的情緒會不會太高昂了……？

（……有點怪。）

教官的反應突然讓我覺得有點反常。

雖然我還無法明確說明何處反常……

（為什麼會這麼……）

沒錯。

為什麼教官的表情會如此眉開眼笑？

磅蛋糕很好吃這我明白。

忍不住流露笑容這我也明白。

儘管如此，在咀嚼磅蛋糕的過程中，以及將下一片放入口中之前，口腔中空無一物時，一直維持著笑臉未免太奇怪了吧？

感覺起來，教官的心情似乎愉快過頭了。

（這反應就好像……）

——就好像酒醉時的反應。

「啊哈哈！」

這時……

雖然沒有發生任何引人發笑的狀況，教官卻愉快地笑出聲音。

緊接著她突如其來地站起身，從我的對面移動到我身旁的椅子。

「哎呀，小提。話說磅蛋糕只剩下一片，你不吃嗎？」

「咦？呃，因為對小孩子來說，已經八分飽了……」

「哎呀，這樣嗎？但是不吃沒辦法長大喔。」

教官的食指壓著我的身體，異常挑逗地在我身上反覆畫著圈，同時低頭凝視我的臉。

她的眼神已迷濛。

所以我馬上明白。

她果真已經醉了。

（但又是為什麼……）

可能的原因就是磅蛋糕。

剛才的磅蛋糕之中，添加了酒精成分……？

甜點。

酒精。

不時感受到的甘甜風味。

從中得到的結論就是——

（——原來如此，是蘭姆酒嗎……）

為何我沒有更早發現以阻止教官呢？

話說回來，瑟伊迪小姐為什麼買了添加蘭姆酒的甜點當伴手禮……

不過光看外觀也無法分辨是否添加了蘭姆酒，瑟伊迪小姐一定不是故意的吧。哎，雖然我覺得其實滿有可能的……

「來，不可以剩下喔？乖孩子就要吃乾淨才行。」

教官用叉子刺起我吃剩的那片蛋糕，遞向我。

但是對我來說，再吃下去就太脹了。

勿忘炸雞的教訓。

我實在不想再次體驗那痛苦的悲劇，因此不願意張開嘴。

於是教官微微瞇起眼，流露頑童般的神情

「是喔～你不想吃嗎？」

「……我很飽了。」

「但是吃剩不太好耶。」

「教官可以吃掉。」

「那就這樣吧，不只我吃，而且要讓小提吃。」

「咦……？」

……什麼意思？

酒醉時的教官，總是會想到些麻煩的點子。

我注視著教官的舉動，只見教官將磅蛋糕送到自己面前，吃了起來。

怎麼了？到最後還是決定自己吃嗎？但我因此安心的時間只有短短一會兒。

下一瞬間，教官誘人的嘴唇就靠向我——

（嗯嗯……？）

我就這麼——被她吻了。

唇對唇。

嘴對嘴。

教官太過突兀的舉動讓我反應不及，更別說連忙閃躲。

我發愣了一會兒——

（不、不會吧……）

理解當下狀況後，我不禁面紅耳赤。雖然想與教官拉開距離——

（——嗚啊……）

教官已緊緊抱住我，讓我無法逃離。

緊接著，彼此緊貼的嘴唇蠢動。

有東西。

是舌頭。

舌頭——

鑽進了我的口中。

這還不是尾聲。

吐出「嗯……」的熾熱氣息的同時，香甜的某種東西被送進我口中。

用舌頭送進我口中。

當我理解那是教官咀嚼過的磅蛋糕，我的臉更是充斥著害臊與羞恥的炙熱。

在這之後，她終於挪開嘴唇——

「嗯哼哼……」

教官妖豔地笑著。

渾身散發異樣妖異的氣息，但是那張臉紅得有如熟透的果實。

「真的做了……」

浮現微笑的同時，教官害羞地呢喃。

「……但是，這不能怪我吧？當小孩子不願意吃，身為負有養育義務的大人，就該像這樣嘴對嘴直接餵食……對吧？」

「可、可是……」

我已經無法直視教官的臉。

甚至連正常說話都辦不到——

「……唔！」

我情急之下逃出了客廳。

逃亡。

躲進自己房間裡。

（接吻……）

我被教官吻了。

我靠著房門，有種強烈的疲倦。

羞恥尚未消退，害臊也還殘留。

就在這時——

「——咕呵呵，真是惹人憐。」

古風的言詞伴隨著稚嫩的嗓音傳來。

捉弄般的話語聲

我吃了一驚，猛然抬起臉。

就在我的床鋪上，不知為何——

「……妳怎麼……」

那個幼女惡魔——撒旦妮亞神氣地坐在床上。

「妳在……做什麼……？」

我好不容易擠出這句話。

有種周圍的時間停止流動的感覺。

撒旦妮亞她——

「你覺得我在做什麼？」

「哎，只是來看看你的狀況罷了。」

她如此反問我，但自己馬上說出了答案。

「這樣啊……」

「不過我的時間也挑得太準了。真沒想到在這種大白天就春心蕩漾。」

「那個……不是……」

「你敢說不是春心蕩漾？」

「那個……只是酒品太差。那個人一喝酒就會那樣……」

「這樣啊。那麼就無法與她共進美酒了。」

「……反正也沒這種必要吧？」

「唔嗯，那女人會做家事嗎？」

「……這對話有什麼用意？」

「會還是不會？」

「……雖然會，但還在修練中。」

「你說修練中？看來也沒必要認可了吧。很好很好。」

我實在不懂她在說什麼。

唯一明白的是，她似乎和上次同樣沒有敵意。

「哎，我也無意久待，這就要走了。」

「這麼快？等、等一下。我會恢復原狀吧？」

「當然啊，你很快就會恢復。話雖如此，在那之前為了打發時間而與那女的親熱，這樣真的好嗎？」

「我再說一次，不是妳想的那樣……」

「咕呵呵，我明白。總之，我該走了。」

「妳到底想做什麼……？」

像這樣來見我，沒有敵意也不做什麼。

雖然背後應該有什麼用意，但我完全看不穿。

「哎，不久後就能告訴你了——但是目前只能說到這裡。」

說完，撒旦妮亞離開了我房間。

隨後我發現時間停止已經解除。

（到底是想幹嘛……）

在我這麼想的時候——

「……小提？」

隔著我背後抵著的房門，傳來教官的說話聲。

我想她的醉意肯定還沒有消退。

「對不起喔，做了奇怪的事。我真的有反省了……你可以開門嗎？」

傳來的是道歉。

因為中間經歷了撒旦妮亞突如其來的造訪，讓我稍微恢復冷靜。

我保持警戒的同時，決定打開房門。

然後——

「對不起！真的對不起！」

房門一打開，教官便撲上來抱住我。

因為酒醉狀態依舊持續，一舉一動都格外誇張。

在這般緊貼到毫無空隙的狀況下，羞恥之情再度湧現。

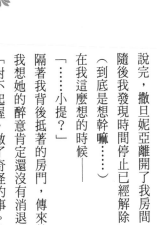

「真、真的沒關係……請放開我……我沒有生氣……」

「哎呀呀，真的嗎？小提好善良喔……」

放開我之後，教官示意要我躺到床上。

「嗯哼哼～那麼身為女僕的米亞大姊姊，就溫柔體貼地陪善良的小提一起在吃飽後午睡吧？」

「咦？」

雖然之前在孤兒院中一起午睡過了……

上次的教官狀態正常，這次則是酒醉狀態。

不過很遺憾，我恐怕沒有多餘的心力去享受兩者的差異。

我甚至一心一意想逃離這個狀況，害羞地呢喃回答：

「那個……我現在不太想睡。」

「還是要乖乖睡覺才可以啊？不乖乖睡覺會長不大喔。」

「我今天應該就會恢復原狀了……」

「討厭啦～真破壞氣氛。現在就好好扮演你的角色嘛。」

「對、對不起……」

「這麼不會看場合，小提真是壞孩子。不乖喔。不乖！」

教官斥責般說著的同時，露出頑童般的笑容，在我臉頰上輕吻。

「哇……」

「對壞孩子就要先處罰才行喔？但是不會就這樣結束了，接下來我無論如何都要哄小提上床睡覺。」

「什、什麼都不做直接離開的選項……」

「哎呀，這種選項當然不存在嘛。」

……我想也是。

「這個嘛♪」

米亞教官開始環顧房內。

「嗯～有沒有什麼方便的道具能哄小提睡覺呢？」

「……沒有。」

「嗯？不過這又是什麼？」

教官似乎有了大發現。

隨後她把那樣物品拿到手中，仔細打量。

「這不是奶瓶嗎？」

沒錯，是奶瓶。

前些日子，我參加特別演習時領到的參加獎。

這東西被她發現，恐怕會造成大麻煩……

「哦~沒想到你竟然把這種東西偷藏在房間裡。小提到底在想些什麼啊?難道是想要我餵你喝奶才特地買的嗎?」

教官滿臉賊笑。

「這、這是誤會!那不是我自己買的……」

「哎呀,用不著這麼緊張地否認喔。沒關係,真的沒關係喔。不管小提有什麼嗜好或癖好,我絕對不會反感,一定會全盤接受。好嗎?」

「我、我就說不是那樣了!」

「沒關係,真的沒關係。我明白的,好嗎?」

「妳根本就沒搞懂啊!」

那個洋溢溫情的視線是什麼意思!

「嗯呵呵~那你就稍等一下喔。」

在這之後,教官依舊對我的解釋充耳不聞,臉上掛著靈機一動般的笑容,手裡拿著奶瓶走出房門。

……她到底去做什麼?

我應該乘隙逃走嗎?

在我左思右想的時候,教官三兩下就又回到房內——

「你看你看,我幫你補充好了喔♪」

她手裡的奶瓶中，已經裝滿牛奶。

在奶瓶裝滿牛奶又是想幹嘛？我湧現這般疑問的同時——

（奇怪……可是……那不就代表……）

不好的預感頓時湧現。

就在這時——

「好了好了～接下來～」

教官靠近床鋪，將奶瓶的前端遞向我。

「來，小提……要喝到飽飽的喔～」

她表現出扮家家酒似的舉動。

（…………）

不好的預感正中紅心，我不禁愣住的時候——

教官開始想把奶瓶塞向我。

「好，來～只要喝完奶覺得肚子飽了，肯定就能舒舒服服睡著喔～」

「請、請等一下！這未免太……」

「沒關係啦，用不著害臊。快點啊，快點喝嘛～小乖乖～」

「請、請更加珍惜冷靜又能幹的形象啊！」

這樣子的教官要是讓眾人知道了，可會引發大騷動。

「討厭啦，私底下幹嘛在乎社會觀感。別管這些了，不要再抗拒，快點喝奶奶吧～討厭也只是嘴巴上說說而已吧～」

「我是真的不願意！」

「嗯～那你為什麼不逃走？」

「咦？」

「如果真的那麼不願意，逃離這裡不就好了，小提卻任憑我擺布嘛。這樣子說穿了就是——」

——其實心裡很期待吧？

伴隨著妖豔笑容吐露的這句話，阻止了我的所有動作。

……期待？

真的嗎？

我其實希望有人用奶瓶餵我喝奶……？

「好了好了，我們繼續吧。喝奶的時間到了喔～」

扮家家酒持續著。

奶瓶的前端對準我的嘴巴，步步逼近。

……教官說得也有道理。

如果我真的不願意，逃開就好，我卻一動也不動。

我依舊躺在床鋪上。

順從地任憑擺布。

也許在我的心中……

（真如教官所說的……）

也許眼前的那玩意兒，真的是心之所嚮——

於是我不知不覺間……

「——哎呀，很棒喔～」

嘴唇含住眼前的奶瓶。

每次吸吮，沁涼的牛奶就在口中漾開。

「怎麼樣啊，小提，味道有沒有好棒棒～？」

「……好、好棒棒。」

「嗯哼哼～贏了，終於讓小提墮落到心甘情願讓我餵奶了。」

「請不要說得好像落入黑暗面一樣……」

雖然把持不住接受了嬰兒的角色扮演是事實。

「這先放一旁，小提，還要不要更多米亞媽媽的模擬母乳？」

「什麼模擬母乳……算、算了，我就喝吧……」

雖然害羞，但我已經決定自暴自棄。

「呵呵，有種當媽媽的感覺。」

教官再度偏轉奶瓶，並且欣喜地呢喃。

「只要抱在懷裡，我一定會更有當媽媽的感覺吧？」

話才剛說完，教官就把我抱了起來。

緊接著再度讓我叼起奶瓶。

「好了好了，盡量吸沒關係喔～」

我順從地不停吸吮。

彷彿置身真正的母親懷裡，莫名其妙地有種滿足感。

至於教官本人的反應，也許是母性本能受到刺激，面露幸福洋溢的微笑。

「加油，只差一點就全部喝完了，要通通喝光光喔。」

在她的聲援中我不停地吸奶，最後把牛奶全部喝光了。

「哇～全都喝光光了耶～怎麼樣？肚子飽了，有沒有想睡覺？」

「感覺還差一點點，就快了……」

情緒平穩下來，開始有點睡意了。

只要再給我一些療癒感，應該就能自然睡著吧。

「這樣喔？那要不要吸看看別的東西？」

「……別的東西？」

「嗯……我的胸部。」

教官羞澀地輕語。

「……咦？」

我起初以為自己聽錯了，但似乎並非如此。

教官先是把我放到床上，隨即鬆開女僕裝的領口。

害臊而嬌羞。

但動作未停歇。

我的視線無法從眼前光景挪開。

一道深谷自鬆開的領口處映入眼簾。

也看到了內衣。

教官將內衣往腹部的方向拉——

「看起來……怎麼樣？」

除了美之外無以形容的胸部，完全暴露在我眼前。

直到這時，我終於——

「妳、妳在幹嘛……？」

我恢復了理智，焦急得手足無措。

「不、不可以這樣啦！」

我自床鋪站起身，連忙靠向教官。

教官只是因為酒醉而失去理智，我急著想把她的內衣拉回原位。

然而——

下一瞬間，我感覺到自己的視野急遽往上攀升。

身高正以超常的速度增長。

感覺就類似這樣。

其實並非感覺，事實上就是這樣沒錯。

我的身體似乎終於接納了覺醒後的王之血，開始變回原本的身材。

因此，不妙的兩件事同時發生了。

首先，孩童尺寸的衣物無法承受我的急遽成長而破裂，我變得幾乎全身赤裸。

而且此時我正打算靠近教官，卻因身體恢復原狀而失去平衡，整個人往面前的教官猛然摔倒。

很遺憾我無法避免突如其來的摔倒——

下一瞬間，彈力撲向我的臉。

我整張臉埋進柔軟又豐滿，而且沒有衣物阻隔的雙峰間的深谷。

「嗚嗯……」

「對、對不起！」

「啊哈……怎麼了？直接來找我吸？而且還自己先脫光……好色喔。」

「不、不是這樣！這只是意外！」

「……哎呀，話說回來，小提你恢復原狀了耶。都變回大人了還撲向我的胸脯，呵呵，都長這麼大了還愛撒嬌。不過其實沒關係喔，就算長大了也不用在意。如果想吸我的胸部，想怎麼吸都隨便你喔。」

「我就說我不是這個意思……啊啊，夠了，不好意思！」

「啊，等一下～！你想逃去哪裡～？」

「祕密！」

我翻找衣櫃隨便取出幾件衣服，逃出自己的房間。

身體好不容易終於恢復原狀，但看來得要一段時間才能真正感受這份喜悅吧。

一小時之後——

「對不起，小提……我大概又酒醉做了奇怪的事吧？雖然我什麼都不記得了，但我真心誠意道歉……真的很對不起。」

恢復清醒的教官，滿臉歉意地對我低下頭。

地點是客廳。

現在我們都已恢復冷靜，隔著桌子彼此面對面。

「請別介意。」

我從剛才就不斷重複這句話。

「已經沒事了，況且事情都過去了。」

更何況根本沒有什麼實質損害。

反倒是讓我經歷了許多獎賞般的體驗。

教官應該沒必要責怪自己。

「嗯……謝謝你。」

教官如此說著，抬起臉。

抬起臉之後——

她正色面對恢復原狀的我。

淺淺地微笑，對我說道：

「還有……歡迎回來，長大的小提。」

「我回來了。話雖如此，只是外觀改變而已，我其實一直都在啊。」

「是這樣沒錯，我說的是心情上的感覺。」

確實心情上是有這種感覺沒錯。

「上次見到這樣的小提，已經是一個星期前的事了。」

「有什麼反常的感覺嗎？」

「嗯～是沒有啦，只是覺得果然還是青年的小提比較好。」

「是、是這樣喔。」

「該怎麼說呢，從小累積的努力和經驗毫無遺漏地累積起來，就會形成現在的小提啊。這種洗鍊的氛圍——也許這種描述男生不會高興，但是感覺很美，讓人看了很著迷。」

「……有點害臊啊。」

沒想到她會這樣誇我。

誇得太過頭，害我不由得害臊起來。

不過另一方面，我由衷感到欣喜。

這個瞬間讓我發自內心覺得能恢復原狀真是太好了。

「小提自己覺得小時候和現在哪個比較好？」

「現在啊。除了身體能力的差異之外，我小時候也沒什麼好的回憶。」

那時候的我遭到迫害。

當時正值人類至上主義的全盛期。

再加上對於更久遠的過去完全沒有記憶的畏懼。

「別說是好的回憶了，就連記憶都不存在……我是個空殼嗎？」

最近時常作的夢，應該能證明我的過去並非空虛，但沒有現實感。

就像是窺看別人的記憶，心靈無法滿足。

「小提才不是空殼。」

「真的嗎……」

「先不提過去，但現在肯定不同吧？如果你不同意，我會好好努力給你更多珍貴的回憶，好嗎？」

「真的很謝謝教官。」

教官的體貼拯救了我。

儘管如此，我的過去還是一片空白，空無一物。

（當時……有誰愛過我？）

夢中的保姆看起來十分疼愛我，但又為何拋棄了我？

也許她的疼愛只是表面功夫，其實對我心懷厭惡？

也許是我太凝事？

（……拜託讓我能夠相信啊……）

緊抓著唯一能依靠的記憶，我想像著保姆的身影。

祈禱著那開了個大洞的過去記憶，有朝一日真的會填滿。

第五章　真相

——隔天早上。

我鞭策自己的身體運動。

久違的長跑。

根據撒旦妮亞所言，覺醒的王之血已經融入我的身體，我想確認那對我的肉體造成何種變化，為此慢跑當作測試。

但是——

（怎麼……似乎沒有任何改變？）

感覺上體力稍微增強了一些，但也僅止於如此。

平常狀態下的變化真的只有這點程度。

不過這也許是當然的吧。

這次的成長回溯的恩惠，應該在於適應王之血。

換言之，平常幾乎沒有影響，唯獨雙眼散發赤紅磷光——也就是王之力充盈全身的狀態下，才能發揮功效。

身處那樣的狀態，恐怕我一有鬆懈就會被黑暗意志吞噬。

一旦展開翅膀，就過去的經驗來說，百分之百會遭到控制。

但是，因為肉體適應了覺醒的王之血，日後這份負擔也許會減輕，或者是全然消除。

（不過現在無法確認。）

要啟動那狀態並不簡單。

光憑著自己的意志無法啟動。

得先有激昂的感情，王之力才會隨之高漲。

儘管當下無法確認，但我無論如何還是要想辦法確認。

這次的恩惠——駕馭王之力是否已經成真。

「咕呵呵。」

在我一面思考一面持續慢跑時——

「看來你恢復原貌了啊？」

話語聲從天空傳來。

以及時間暫停流動的感覺。

一切的聲響離我遠去，萬物靜止不動的風景。

在這片寂靜中——

「找我有什麼事？」

「你覺得有什麼事？」

撒旦妮亞再度現身了。

飛到我眼前的她神氣地挺起胸膛。

「又用問題搪塞，我已經受夠了。」

「嘻嘻，因為我這個人難相處嘛。就是討厭人家一問就老實回答。」

「真是怪人。」

「別這麼說，我會傷心啊。」

雖然嘴上這麼說，她的神情卻沒有一絲哀傷。

反倒透著喜色。

「話說回來，每次現身都要停止時間是妳個人的嗜好嗎？」

「你在說什麼，為了不讓任何人察覺這件事，我才會如此費心。萬一有人目擊你與惡魔的高階幹部密會，想必你也會很傷腦筋吧？」

「所以是為了我？」

「不只是為了你，也是為了我。」

「妳也不想被其他人類注意到嗎？」

「真要說的話，我提防的是惡魔。」

「……什麼？」

「哎，這部分不值一提。我這次來找你另有正題。」

撒旦妮亞說完，仰起頭看向我。

「總之先讓我見識一下血之活性。」

「妳說什麼？」

「血之活性。」

「妳的意思是……要我現在使用王之力？」

「正是如此。」

「我辦不到。」

「為什麼？」

「那是伴隨著情緒激昂而自行啟動的力量。原因八成是憤怒。我沒辦法憑著自己的意志發動。」

「這是什麼蠢話……」

撒旦妮亞訝異地說道。

「……不過這樣我就懂了。正因為有這種缺陷，你覺醒的時間才會這麼晚。」

「缺陷？」

「不需要與憤怒呼應，也能啟動血之活性。」

「真的嗎？」

「唔嗯。比方說就像我這樣。」

說完的瞬間，撒旦妮亞的雙眸綻放赤紅磷光。

存在感與威壓感頓時膨脹，強度似乎也大為增長。

「血之活性不限於王之血。這是每個惡魔都能抵達的境地。但因為需要天賦的才能，並非任何人都能成功啟動。同時就算一度啟動，若有缺陷就無法自由啟動。比如現在的你。」

「……缺陷是指什麼？」

「自由經絡沒有打通。」

「自由……經絡……？」

「每一個天生能使血活性化的惡魔，通常在十歲左右就能打通自由經絡。你恐怕是經絡尚未打通，因此無法憑自我意志去控制血之活性的啟動與否。」

「這……那我要怎麼做？怎麼樣才能像妳那樣輕鬆啟動？」

「不要著急，我現在就教你。」

撒旦妮亞這麼說完——

突如其來刺出右手，毆打我的心窩。

速度快到視覺無法捕捉的一擊，刺穿了我的衣服、皮膚與內臟，最後自背部衝出體外。

「——什麼……」

血如泉湧，痛楚竄過全身。

我看向前方。

撒旦妮亞依舊面無表情，她的想法我無法理解也無從猜測。

但是，我被她攻擊了。

傷勢足以致命。

（這傢伙果然……）

終究是惡魔吧。

稍微對她卸下心防是我不好。

過去的每一次見面，也許都是為了讓我鬆懈以方便奪命的計畫。

（……開什麼……玩笑……）

憤怒頓時高漲。

不只是對意圖殺我的撒旦妮亞。

更令我憤怒的是放鬆警戒的自己。

——憤怒。

雙眼發燙。

像是灼燒般、有如燃燒般，開始散發磷光。

緊接著——

「啟動了啊？」

在我要對撒旦妮亞反擊時，她如此說道。

「手段粗暴了些，不好意思。」

「什、麼……」

「若要讓你打通自由啟動血之活性的經絡，首先必須讓你進入血之活性的狀態。我不是為了取你性命，只是故意讓你的憤怒提升到最高點。」

撒旦妮亞說完，自我的腹部抽出拳頭。

「咕……」

痛楚瞬間奔馳，血液噴濺，但因為我處於血之活性的狀態，傷勢轉瞬間痊癒。

看著我的身軀，撒旦妮亞繼續說道：

「不愧是王之血，真是驚人的治癒力，壓迫感也無可挑剔。」

「……我再確認一次，妳沒有敵意吧？」

「沒有。我不是說了嗎？是為了讓你進入現在的狀態。」

「……這樣啊。」

「嗯哼。不然你也可以對我做同樣的事啊？用拳頭打穿我的腹部也沒關係。」

撒旦妮亞淺笑說完，高高掀起歌德風的連身裙裙襬，在我眼前露出纖瘦雪白的腹部。不只是腹部，因為她掀起裙襬，大腿與異樣性感的內褲都一覽無遺。

「快、快蓋住！為什麼要掀裙子！」

「嗯呵！對老人家的身體用不著害羞啊。」

「……哪門子的老人家啊？」

外觀上完全是小女孩。

「哎，這就先放一旁。」

撒旦妮亞放下裙襬，露出認真的表情盯著我。

「你想要憑自己的意志自由啟動血之活性吧？」

「……如果真能辦到的話。」

「條件已經湊齊了，接下來只要你去做某件事就好了。」

「做什麼？」

「吸我的血。」

「……什麼？」

「在啟動血之活性的狀態下，吸吮同樣啟動血之活性的惡魔的血，就能打通啟動血之活性所需的自由經絡。這是無法自行開啟自由經絡的惡魔使用的備用手段。」

語畢，她咬破自己的食指，血液滴落。

「好，你可以吸了。」

「……只要這樣就可以了？」

「你以為很容易？至少需要兩名能啟動血之活性的惡魔在場喔？而且除非彼此熟識到一定程度，否則也無法做出這種事吧。」

「也對。」

「這絕不是『只要這樣』就能一語帶過的儀式。這可是莊嚴的儀式。」

撒旦妮亞低語著，將流血的食指伸向我。

「好，吸吧。」

「知道了。」

我靠近撒旦妮亞，單膝跪地。

隨後，我將眼前的食指含在口中，吸吮她的血液。

有股鐵鏽般的味道。

「很美味吧？」

「很噁心。」

「什麼……就算說謊也好，這種時候說美味不就好了？真是不解風情的男人。」

撒旦妮亞面露不愉快的表情。

真是麻煩的傢伙。

「血到底要吸到什麼時候？」

「唔，大概已經夠了。」

聽她這麼說，我張嘴放開食指。

「有感覺到變化嗎？」

「身體似乎有點熱。」

血液中彷彿含有酒精，身體從內側開始發熱。

「那就成功了。自由經絡已經打通。你試試看恢復平常狀態，之後再重新啟動。」

「……關閉後再啟動。」

首先要恢復一般狀態。

閉起眼睛，聚精會神想著平常的自己。

雙眼的熱度頓時消退。

磷光熄滅，血之活性似乎真的平息了。

（接下來要從這裡開始……）

意識集中於血之活性。

身為惡魔的自己。

非人的力量。

我渴望那股力量，欲掌握之。

（……來了。）

熱量回到雙眼。

我睜開剛才閉起的眼睛。

我的雙眼倒映在撒旦妮亞的瞳孔中。那雙眼確實散發著赤紅的磷光。

「唔嗯，看來自由經絡打通了啊。因為適應了『醒血』，也沒有被吞噬的徵兆。接下來就算你更進一步展開王之力，某種程度來說還是能完全駕馭吧。」

「為什麼？」

「為什麼……是指什麼？」

「為什麼妳願意幫我？」

我還是搞不懂。

這傢伙對我百般協助的理由。

「下次見面時再告訴你吧。因為沒辦法空出太長的時間，只能像這樣一點一點解決當下的問題。」

「下次見面是什麼時候？」

「用不著等太久。」

只留下這句話，撒旦妮亞轉身背對我。

對著那即將振翅飛離的背影，我在最後問道：

「格刺西亞・拉波斯。」

「什麼？」

「有人告訴我，要當心格刺西亞・拉波斯。」

「誰說的？」

「暫且保密。」

我不敢對這傢伙告知瑟伊迪小姐的身分。

但還是要提問。

我不知道瑟伊迪小姐為何要那樣說。

儘管如此，我還是很在意。

「格刺西亞・拉波斯對我們人類是謎團重重的惡魔。如果那傢伙有什麼陰謀，希望妳告訴我情報和應對的手段。」

「那傢伙……我想他目前還不會對人類出手。」

「是這樣嗎？」

「如果他真的有動靜……」

撒旦妮亞說到這裡，闔上了嘴唇。

「……哎，無論如何，你用不著放在心上。」

「這樣啊。」

「是啊。我走了。」

撒旦妮亞飛離。

時間重新流動。

我抑止了血之活性，繼續慢跑。

（雖然撒旦妮亞說用不著在意……）

但是，真的沒問題嗎？

格剌西亞・拉波斯。

還是暫且提高戒心比較好吧。

（除此之外……）

自由經絡。

憑自己的意志啟動血之活性的力量。

平常狀態雖然沒有變化，但只要啟動血之活性，就能超越過去的全盛期。

（就參加實戰當作測試吧。）

今天這一整天，我打算用來喚醒怠惰了一星期的身體，但明天就沒問題了。

接下來，我就在當頭而下的陽光中奔跑。

——隔天早上。

我清醒之後從床鋪上起身。

有種少了什麼的感覺。

（一定是……）

因為這幾天沒有作夢，才會覺得有所欠缺吧。

過去的記憶。

很可能遭到封印的過去記憶。

但是，將那些記憶擺到我眼前，我也無可奈何。

難道我能做什麼嗎？

我當然想知道自己的過去。

總覺得，在那場夢中登場的保姆，應該知道所有我想知道的事。

但就算我想找出那位保姆，也毫無頭緒。

因為夢中的保姆身影模糊不清。

（就像吊在眼前的紅蘿蔔……）

我是馬，而夢境就是紅蘿蔔。

伸手絕對無法觸及，但又充滿魅力的情景，就吊掛在我的眼前。

其實不是有人擺在我眼前，而是我在夢中回想。

似乎遭到封印的過去記憶，從隙縫間外洩。

（如果能連保姆的身分一起回憶起來就好了……）

之所以無法清晰回憶，我推測大概是因為對保姆施加的封印更強烈吧。

儘管記憶自封印中外洩，但只有這部分依舊被隱蔽。

恐怕保姆的記憶對我就是這麼重要。

（……而且對施加封印者特別不利？）

雖然無法證實我的記憶是否真的遭到封印，但如果這是事實，元凶肯定是惡魔的高級幹部。

為什麼要這麼做？

怎麼思考也沒有頭緒。

越是思索，無謂的臆測就越強烈。

感覺思緒漸漸開始打結，我暫且放棄思考，前往客廳。

「小提，早安。」

早起的教官在客廳裡，身穿迷你裙女僕裝，一如往常般做著早餐。

「早安，教官。我也來幫忙。」

「嗯，謝謝你。那可以請你幫忙擺生菜嗎？」

「我知道了。」

因為身體已恢復原狀，不能完全麻煩教官一個人。

「今天你要跟我一起來工作吧？」

「是的，請讓我一起去。」

這是測試自由經絡的實戰。

「那就得吃飽一點才行。」

早餐的盤子一一擺放在餐桌上。

今天的菜色相當簡單，是培根、炒蛋和生菜沙拉。

我和教官坐到椅子上，開始用早餐。

「莎拉小姐還沒起床嗎？」

「不是，姊姊很早就起床了，人在庭院裡不知道忙什麼。」

仔細一聽，確實有聲音從庭院的方向傳來。

打鐵的聲響。

我知道這陣子她似乎一直在蒐集材料，昨天終於著手開始鍛造。因為她說過身為艾爾特・克萊恩斯的一般業務暫時休假，應該不是忙著工作吧。

「——完成了！」

不久後，我將大部分早餐送進胃袋時，莎拉小姐一面擦著汗一面長長吐氣，從後門進到家中。她手上拿著一柄閃亮的短劍。

「姊姊，那是什麼？」

享用早餐中的教官問道，莎拉小姐便自豪地舉起那柄短劍說：

「這個喔？這是狙擊槍用的刺刀，不過也能用於橫掃。」

「要給小提的？」

「就是這樣。」

莎拉小姐點頭，來到我身旁。

「就是這樣啦。來，這個給你，讓你近身戰鬥時使用。」

「我真的可以收下嗎？」

「當然啊，這是為了小提特別打造的。咿嘻嘻，恢復原狀的紀念♪小時候的提爾雖然很可愛，不過我中意的還是現在的小提喔。」

「真的很謝謝妳，莎拉小姐。」

我立刻將莎拉小姐贈送的刺刀裝在狙擊槍的前端。

「感覺很不錯。」

「不過一般來說，狙擊槍不會上刺刀喔。重心不穩感覺會影響準度。」

「提爾應該沒問題吧。」

如此交談中，我們結束了早上的所有準備，我和教官出門了。

教官今天預定完成的委託，當然是狩獵惡魔。

據說在艾斯提爾德帝國領土西側的荒地——人稱哈伯洛夫荒野——當地居民目擊了數隻惡魔。由於目擊地點距離城鎮相當近，希望我們盡速討伐。

要前往哈伯洛夫荒野必須搭乘列車。

我們從帝都中央車站，搭上了前往哈伯洛夫荒野方向的列車。

最後，我們抵達了哈伯洛夫荒野的城鎮，借了馬匹前往惡魔被目擊的地點。

「就是那邊。」

不久，我們在前方看見了幾乎乾涸的泉水。

大概是以該處為據點，數隻惡魔在附近晃蕩。

「偶數翅種啊。」

目視可見一共五隻惡魔，全都是偶數翅種。

除了奇數翅種外，惡魔的強度可單純以翅膀的數量分辨。

眼前這批惡魔，平均來看每一隻都有四片翅膀。

視之為低階惡魔的集團不會錯吧。

「要交給我們討伐，未免投入太多戰力了吧？不過因為沒有詳細情報，這也是沒辦法的事。這種程度的話，應該不需要我們來解決才是。」

「哎，對我來說這樣正好。」

畢竟是久違的實戰，只要能確認血之活性安定與否就夠了。

我們下了馬。

「可以交給我一個人解決嗎？」

「沒問題嗎？」

「沒問題。」

「那……好吧。」

「謝謝教官。」

難得改造成槍劍了，就省下狙擊槍的子彈打倒它們吧。

我打定主意後，集中意識。

渴求惡魔之力。

啟動血之活性。

「小提……你的眼睛又變紅了……」

——自由經絡。

打通這條經絡後，我不必讓憤怒控制己身，同樣能啟動血之活性。

因為身體已適應撒旦妮亞口中的醒血，意識也沒有被吞噬的跡象。完美。

但還是暫且不要展開翅膀。

那方面的力量在一定程度內應該也能駕馭，但是面對四片翅膀的惡魔集團動用王之力實在是殺雞焉用牛刀。

「小提……真的沒問題嗎？」

教官神色不安。

儘管她知道我適應了醒血，但還不知道自由脈絡的問題吧。

「沒問題，我已經控制了這股力量。」

所以我毅然地如此表明——

下一瞬間便衝進惡魔群的中央。

一瞬間就縮短了原本一百公尺左右的距離。

速度堪比全盛期——不，再加上惡魔之力，速度更在那之上。

這個狀態——血之活性真是舒適。

太棒了。

「咕嗄……！」

見到我突然出現，惡魔們相當震驚。

我不在乎它們的反應，揮出手中的武器。

不把狙擊槍當作槍枝，而是作為近身戰鬥的刀刃揮出。

將不足一秒的時間細切而成的剎那——在比這更短暫的時間內，揮出武器。

結果——

惡魔們除了驚訝之外來不及有更進一步的反應，剎那間死去。

「好、好厲害……」

教官晚了一步才移動至此，看著被切碎的屍體說道。

「這已遠遠超越了恢復過往實力的程度吧？雖然對方只有四片翅膀，但居然能讓它們無從反應就直接擊殺，而且還是複數。」

教官看起來甚至有些感動。

「小提這樣子應該不用再繼續扛著狙擊槍了吧？只要回過頭使用姊姊為你打造的雙刀——」

「這我辦不到。」

「為什麼？」

教官一頭霧水。

「小提的目標是復職為劍士吧？既然這樣，現在已經達到這個水準，要復職也沒問題吧？」

「不，還不行。」

「為什麼？」

「依賴這種力量，當然沒資格回到那個崗位吧？」

「小提……」

「我就是無法接受。雖然只是我的任性。」

這種力量。

惡魔之力。

我厭惡這種力量。

卻又不停使用。

因為我認為，只要能夠殲滅惡魔，要我墮落也無所謂。

為了毀滅我憎恨的存在，要仰賴或使用厭惡的力量也無所謂。

不過，正因為如此。

只要我還依賴著我憎恨的力量，就不想觸碰深愛的事物。

「我現在很骯髒。我不想在渾身汙穢時，去觸碰那兩樣武器。」

只是任性。

自己定下的規則。

只是麻煩的堅持。

這種事我當然知道。

儘管知道，但我還是要貫徹這樣的堅持。

非得堅持不可。

只要我還沾染這股可恨的力量，就不想觸碰心愛的事物。

不只是那對雙刀，就連教官也──

在我正常取回全盛期的光輝前，不想朝重視的事物伸出手。

「哦~原來如此，你要稱呼那是骯髒的力量啊？」

這時──

最近不時聽見的說話聲從天上傳來。

下一瞬間，聲音的主人也從天而降。

不出所料，正是撒旦妮亞。

「妳是……！」

見到教官擺出準備應戰的架式，我突然注意到──

（……這次時間沒有停止？）

不，只要仔細觀察周遭就能明白，隨風飛舞的樹葉正靜止在半空中。

時間暫停的魔法已經發動了。

但是為何這次不只我一個，而是讓教官也能動作？

為什麼？

「連這種地方也跑來啊？真是辛苦妳了。」

「既然你覺得血之活性很骯髒，要退還那股力量嗎？」

「這種事肯定辦不到吧？」

「正是如此。嗯哼，你只能拿出耐心與這股力量好好相處一輩子。」

撒旦妮亞露出挑釁般的表情說道。

教官舉起槍劍，站到我身旁。

「妳……到底想要什麼？」

「嗯？」

「小提告訴過我了。妳對小提施加了成長回溯的魔法，是為了讓他適應路西法之血吧？除此之外還有血之活性？他能順利進入那個狀態，肯定也和妳有關吧？」

「正是如此，那又如何？」

「為什麼要這麼做？妳明明是惡魔，為什麼要幫助小提？回答我。」

「妳想知道？」

遭到教官逼問，撒旦妮亞笑得無所畏懼。

「哎，也是可以。我來這裡本來就是這麼打算的。」

……本來就是這麼打算？

「不過啊，要我解釋為何幫助提爾，有一個條件。」

「條件？」

我納悶地問，撒旦妮亞簡潔地回答：

「拿出本事打倒我。」

「……什麼？」

「如果有本事打倒我，我就一五一十告訴你。」

「為什麼非得戰鬥不可……？」

「這件事同樣在你們贏了之後再告訴你。」

撒旦妮亞頑固地如此堅持。

她到底在想什麼？

她到底想做什麼？

我搞不懂她的行動的真正用意。這時，我的腦海中突然閒——

（……什麼……？）

有一陣暈眩般的感覺。

這一瞬間，不知名的記憶流入腦海。

片段的情景掠過。

——年幼的我。

『不要！我不要分開！』

年幼的我鬧彆扭般說著。

這句話對著身影模糊的保姆說出——

『格剌西亞．拉波斯，早早把他帶走吧……徒增傷心罷了。』

『儘管交給在下。』

在保姆的命令下，頭戴高禮帽的老惡魔牽起年幼的我的手，不知要前往何處。

『要去哪裡？和——再也見不到面了嗎？』
『提爾大人，切勿悲嘆。您肩扛重責大任。』
——黑暗籠罩。
切換至不同的光景。
某處的房間。
有如治療室的房間中，名叫格刺西亞・拉波斯、頭戴高禮帽的老惡魔在我面前。
『……要做什麼？』
『要請提爾大人忘掉至今為止的一切，除了名字之外的一切。』
『我不要！為什麼？』
『這是王的旨意——一切都是為了未來。』
陌生的光景至此中斷。
（——呃，剛才的是……）
現實。
哈伯洛夫荒野。
意識回到了正佇立於荒野中的自己。
「……怎麼了嗎？」
教官擔憂地凝視著我。

「小提，真的沒問題嗎？你果然在勉強自己使用那股力量嗎……？」

「……我沒事。」

和血之活性沒有任何關聯。

只是見到夢境般的影像，讓我一時愣住。

白日夢嗎？

那場夢的後續？

年幼的我，最終抵達的就是剛才的情景？

格剌西亞．拉波斯。

戴著高禮帽的老惡魔。

他口中說的「請提爾大人忘掉至今為止的一切」屬實嗎……？

「怎麼了？身體狀況不好嗎？」

見到我的反應，連撒旦妮亞都顯得擔憂。

我對著擔憂的撒旦妮亞問道：

「……是格剌西亞．拉波斯奪走了我的記憶嗎？」

「——唔！你為何會……？」

「果真是這樣吧？到底是怎麼回事？過去的我到底發生過什麼？」

「這個嘛……原來如此，你的記憶已經快要恢復了……」

撒旦妮亞支吾其詞。

看來她肯定知情。

「……很好。」

我等待她回答，最後撒旦妮亞說道：

「包含這件事在內，只要你贏過我，我就告訴你。」

「我懂了。」

也為了明白撒旦妮亞的真正目的，看來無論如何都要打倒她。

既然如此，她能讓我一併解決反而簡單易懂。

只要打倒撒旦妮亞，就能化解我目前心中大多數的疑惑。

就這麼簡單——

「話先說在前頭，我可不會手下留情喔。我會拿出我所有的力量，用盡一切與你們戰鬥。」

說出這句話的同時，撒旦妮亞的雙眼開始散發赤紅磷光。

她倏地展開翅膀。

逼近兩百片的翅膀。

與一度覺醒復活的阿迦里亞瑞普特相比，粗略估計也有兩倍。

不過我毫不膽怯。

因為我有自信絕對不會輸。

「教官，接下來很危險，可以請妳離遠一點嗎？」

「可別瞧不起我。」

教官似乎也不畏懼。

「我會一起挑戰她，努力不扯小提的後腿。」

「我明白了。」

就相信教官的鬥志吧。

最糟糕的狀況下，我只要一面保護教官一面戰鬥就好。

現在的我能辦到。

因為——

「撒旦妮亞，我同樣不會手下留情喔。」

我展開王之力。

令人憎恨的路西法之血——繼承那股血脈的證明，六百六十六片翅膀。

看著頓時展開的翅膀，撒旦妮亞嬌豔地笑了。

「王之翼……還真是驚人。」

「多虧有妳，我還能控制住自己。」

「咕呵呵，那真是太好了。」

撒旦妮亞笑得彷彿發自內心感到欣喜。

「那就放馬過來吧。有本事就超越我。」

「——用不著妳說。」

我舉起狙擊槍朝著撒旦妮亞開火。

這成了開戰的宣告。

「你以為那種玩意兒會打中嗎？」

撒旦妮亞輕而易舉地閃過子彈。

不過，我以子彈的位置為基準點，讓自己傳送至該處。

——就在閃過子彈的撒旦妮亞背後。

「槍枝和座標移動魔法的組合啊？在哪學會的？」

「只要展開王之力，魔法的用法自然會浮現腦海中。」

「哦，原來如此。」

悠然交談的同時，我們的移動速度已逼近音速。

傳送之後，我將狙擊槍的前端刺向撒旦妮亞。

但是撒旦妮亞在瞬間消失無蹤。

「我可是時間與空間的支配者喔？」

緊接著，撒旦妮亞出現在教官的背後。

「座標移動也是我的拿手好戲，就從這女的開始收拾吧。」

「我可沒有那麼簡單被妳打敗！」

教官隨即轉身以槍劍射擊。

但撒旦妮亞將數十片翅膀伸到面前，擋下射擊。

不過教官沒有因此放棄。

教官揮出槍劍對撒旦妮亞斬擊。

儘管展開於撒旦妮亞面前的翅膀彈開或阻擋斬擊，教官仍未停止攻擊。

我乘隙高速移動至撒旦妮亞的背後，與教官前後夾擊。

「──教官，請退開！」

撒旦妮亞的注意力正轉移至教官身上，我乘隙解放了以右手為射出點的光束魔法。

甚至可能波及教官的超高威力粒子光線。

雖然教官聽從我的指示退開──但既然教官來得及閃避，代表撒旦妮亞也同樣來得及躲開。

「太天真了。」

撒旦妮亞飛向上方閃躲。

但是我已經預料到她的動作，在不到一瞬間的剎那施展天候魔法，令哈伯洛夫荒野上空烏雲密布，讓魔力強化過的亞光速雷擊墜向撒旦妮亞。

「嘖……」

撒旦妮亞苦澀的表情像是在表明自己的大意。

雖然免於讓閃電命中身體，但是雷擊擦過的數十片翅膀已經燒焦。

「用妳擅長的時間停止魔法不就能平安躲過嗎？」

「因為我已經施展了時間停止啊……」

確實如此。我和教官目前就置身於我們以外全部靜止的世界。

不過就算這樣，還是能使用時間停止魔法吧？

不，真的辦不到嗎？

時間停止魔法無法疊加？

難道只要重新施展，之前的效果就會消失？

但就算真是這樣，又有什麼問題？

只要再度施展時間停止魔法，便能讓雷擊和我們的動作全部靜止，照理來說她就不會被雷擊打中，也能夠輕鬆打倒無法動彈的我們。

更根本的問題在於——

只要在這之前用時間停止魔法讓我們的動作停擺，撒旦妮亞就能輕鬆奪得勝利吧？

然而，撒旦妮亞遲遲不重新施展時間停止魔法。

不對。

（她不是故意不施展……）

而是辦不到？

看來應該會對世界整體起作用的時間停止魔法，難道就連一瞬間都不能解除嗎？

——仔細一想。

打從撒旦妮亞為了讓我成長回溯而現身的那次相遇開始，撒旦妮亞每次與我見面都會停止世界整體的時間。

為何要停止世界整體的時間流動？

（該不會……是為了讓任何人都無法察覺她來找我嗎？）

不讓任何人察覺。

甚至包含她的惡魔同胞在內。

正因如此，她必須設下萬無一失的防範——

「……你是怎麼了？突然間一動也不動。」

看著沉浸於思索中的我，撒旦妮亞的表情充滿疑惑。

「回答我。」

我凝視著眼前的撒旦妮亞，暫且收起戰意，對她問道：

「妳背叛了惡魔嗎？」

「——唔！」

「我說中了？」

我凝視著表情不再沉穩的撒旦妮亞，繼續說道。

「這樣一想就全都說得通了。不對，本來就只有這個可能性。妳會對我百般協助，是因為妳背叛了惡魔，或者說正準備要背叛惡魔。對吧？」

「…………」

「為何要背叛？」

「我……」

撒旦妮亞一瞬間開了口，卻欲言又止。

就在這時——

「到頭來……」

到頭來。

到頭來。

突如其來的話語聲並非來自撒旦妮亞，也不是教官，而是第三者。

「撒旦妮亞卿還是放不下孩子——就是這麼一回事吧？」

那傢伙不知不覺間出現在此處。

散發著非比尋常的存在感。

身穿筆挺黑西裝、頭戴高禮帽的老紳士。

乍看之下是個人類，但在他背上可以見到與撒旦妮亞同等甚至更多片的無數翅膀。

「格刺西亞．拉波斯……」

撒旦妮亞苦悶地低語。

果然這傢伙就是格刺西亞．拉波斯。

一切都包裹在謎團中的極星一三將軍之一。

「撒旦妮亞卿，這件事可是滔天大罪，妳可有自覺？」

「為什麼……明明時間停止了，你卻好像若無其事……？」

「以疑問回答疑問是妳的壞習慣啊。哎，也罷，在下既是紳士就回答吧。」

格刺西亞．拉波斯輕快地編織言詞。

「因為針對妳的時間停止魔法的『對抗魔法』已經完成了。」

「你說什麼……」

「妳的背叛本來就是預料中的事，因此對策也十分完善……明白了嗎？」

那是一抹令人戰慄的微笑。

預料中的背叛。

難道撒旦妮亞會與我接觸，原本就在他的預料之中？

（而且……）

他說撒旦妮亞放不下孩子，究竟是指……

「啊，差點忘了提爾大人，真是久違了。」

格剌西亞．拉波斯對我低下頭。

但是他立刻露出充滿惡意的笑容。

「哎，不過您應該不記得了吧。」

「不，其實我稍微回想起來了，就是你奪走我的記憶。」

「哦？竟能自行卸下記憶的枷鎖……不愧繼承了王之血。」

格剌西亞．拉波斯敬佩般如此說著，輕輕拍手。

「不過，您好像還沒回憶起撒旦妮亞卿？」

「這……」

「哎呀，真是殘酷。不惜背叛惡魔也要為您付出，這樣放不下孩子的保姆，您居然忘了她的長相。」

「！」

保姆？

這傢伙剛才確實這樣說了吧？

我望向撒旦妮亞。

——保姆。

夢中屢次瞧見的身影。

小心翼翼抱著我，代替母親照顧我的「某人」。

有時為我憂愁，有時陪我嬉戲。

和年幼時期的我狀甚親暱的那位保姆——

「……那個人就是妳嗎？」

我如此一問，撒旦妮亞點頭。

「和我的記憶也稍微恢復了嗎？」

「……其實只有一點點。」

「一點點啊？」

「妳的身影很模糊。」

「我想也是。」

格刺西亞．拉波斯插嘴說道。

「因為那是在下為此而設的封印。」

封印。

「為何要封印我的記憶……？」

「在下只有一件事能告訴您，這一切都是為了未來。」

未來……

在過去的記憶中，這傢伙也講過類似的話。

「出於諸多原因，我等有必要將年幼的提爾大人送進人類領域。這時有必要消除提爾大人在我們這邊留下的記憶。有必要讓您懷抱身為人類的正義感。說穿了就是若您犯了思鄉病會壞了大事，因此消除了您的記憶。」

……這些傢伙到底在想什麼？

他們想利用我做什麼？

「然而，在那之後過了十幾年的某一天，這位保姆仍舊對孩子念念不忘，因此做出這樣愚蠢的行徑。」

派她前去救援「光明會」的人員時偶然撞見了提爾大人，結果使她忍耐已久的思念之情爆發了吧——格剌西亞．拉波斯補上這句話。

「啊～真是教人感動的愛。在下格剌西亞．拉波斯實在難掩熱淚……不過，背叛終究是背叛。當這般事實沉重地擺在眼前，在下接到了執行懲罰的命令。」

簡單說——

格剌西亞．拉波斯說道。

「——撒旦妮亞卿，得請您命喪於此了。」

話語聲才剛傳來。

格剌西亞．拉波斯已經移動到撒旦妮亞的正面。

事先料想到背叛行為的格剌西亞．拉波斯，已經擬定對抗撒旦妮亞的手段。

他的拳頭擊中撒旦妮亞。

「咕啊……」

儘管來得及防禦，撒旦妮亞還是被那股力道轟飛了。

緊接著格刺西亞．拉波斯迅速移動，搶先抵達撒旦妮亞的墜落地點，在該處準備對撒旦妮亞轟出強力魔法。

毫無疑問的致命一擊。

撒旦妮亞肯定無法閃躲。

光看就知道。

格刺西亞．拉波斯為對抗撒旦妮亞而事先擬定的對策，大概不僅限於應對時間停止魔法吧。

因為一切行動已瞭若指掌，就算撒旦妮亞選擇閃躲，格刺西亞．拉波斯仍會立刻採取其他攻擊手段殺向她。

光是目睹方才的短暫過招，這一點在我眼中已昭然若揭。

所以這樣下去——

（……撒旦妮亞沒有勝算。）

她會被殺死。

而我既然已經明白這一點，又該怎麼做？

我。

我——

（……撒旦妮亞——）

那傢伙是惡魔。

就算見死不救也——

（……見死不救……）

對她見死不救？

這樣子……

（……真的好嗎？）

有什麼不好？

她是惡魔啊。

（可是……）

但是。

可是。

她也是我的保姆。

雖然還有許多未解之謎。

（儘管如此，她一定……）

站在我這邊。

是自己人。

（所以我——）

夢中光景在腦中一閃而過。

那些光景已不再模糊。

——撒旦妮亞抱著嬰孩時的我笑著。

——撒旦妮亞與長大一些的我一起玩耍。

——最後是被迫與我分離，垂著頭的撒旦妮亞。

有了確實的記憶支持——

（我……！）

照你想做的去做啊。

既然這樣。

簡單說。

要我對她見死不救——

（——門都沒有！）

所以我的身體已經動作。

救助應當憎恨的惡魔，就我的自尊而言也許無法容忍。

儘管如此。

可是。

（養育之恩——）

曾經愛過我的存在——

（——我絕對……）

無法背叛。

將剎那切成細碎片段的瞬間，在比這更短暫的時間內，我闖進了撒旦妮亞與格刺西亞・拉波斯之間。

緊接著，我抱緊了撒旦妮亞。

「你剛才說要讓撒旦妮亞命喪於此？」

「在下確實說過。」

「該去死的反而是你吧？」

炸裂。

我揮出狙擊槍前端的刺刀，速度快到扭曲大氣而使之炸裂。

「您果然會出手相助啊。」

格刺西亞・拉波斯說得彷彿這個狀況也在他的預料之中，向後跳開一步，閃過我的斬擊。

（太小看我了。）

然而我爆發性地向前突襲，揮出一記單純的直拳。

雖然只是單純的直拳——

但握緊的拳頭向前突出的瞬間，餘波震碎地面、攪亂大氣。

格刺西亞．拉波斯沒有完全躲過，轉瞬間飛向遠方。

「咕哦……！」

他在呻吟中撞上岩壁，岩壁凹陷，全身陷入其中，猛然吐血。

我乘隙把撒旦妮亞帶離格刺西亞．拉波斯，把她放到地面上。

「妳休息就好。」

「……什麼？」

「全被他識破了。包含時間停止在內的所有招數。」

「可是……」

「廢話少說，休息就好——教官，可以幫我顧著這傢伙嗎？」

「呃，好，我知道了。」

教官自從格刺西亞．拉波斯出現就一直為那存在感震懾，這時終於再度行動，來到撒旦妮亞身旁。然而……

「誰要給專挑帥氣小生的老女人監視啊。」

「妳、妳說什麼……？」

「閃遠一點，妳這頭乳牛！竟敢染指我家提爾。給我走開！」

「我說妳啊……」

大概是不願意讓比自己弱的教官來保護自己，但在這狀況鬧脾氣很讓人傷腦筋。

「好啦，妳就乖乖給教官顧著，不要離開這裡。我會想辦法解決格刺西亞・拉波斯。」

「咕……」

「在這之後，我有很多話想跟妳聊。」

「……累積了很多啊。」

「還有往後的事。」

我說完，撒旦妮亞便雙手抱胸，當場坐在地面上。

「哼，好吧，那麼你快點去把那傢伙收拾掉。」

看來她答應乖乖讓教官保護了。

既然如此——

「很好很好。」

只剩下解決格刺西亞・拉波斯而已。

「保姆以及其親自養大的孩子，隔了十幾年後再度牽起彼此的手。啊啊，多麼美妙的一幅光景。」

剛才全身埋進岩壁中的格剌西亞・拉波斯已經重整態勢，撿起高禮帽的同時如此說道。他呢喃時的語氣爽朗，但是——

那張臉已不再是方才如同老紳士般的容貌。

雙眼中點燃了赤紅磷光。

有如猙獰猛獸般的細長眼眸直盯著我。

全身散發壓倒性的威壓感。

那傢伙開口說：

「不過——請您別太得意忘形。」

消失了。

但隨即出現在眼前。

格剌西亞・拉波斯以拳法般的架式，對我猛然刺出一拳。

我讓王之翼伸到前方試圖防禦，但是——

（——唔！）

王之翼不見蹤影。

六百六十六片王之翼從我背上消失。

呈未展開狀態。

（……為何……）

在我驚愕的同時，拳頭直逼向我——擊中了我。

拳頭直擊下巴，讓我向上飛起，但我再度集中精神於王之翼，使之顯現。

我隨即重整態勢，並且以光束放射魔法反擊。

然而格剌西亞・拉波斯也施展了類似的魔法，攻擊互相抵銷。

（怎麼回事……）

王之翼短短一瞬間消失了。

並非消失了，應該說被抹消？

我再度瞪向格剌西亞・拉波斯。

格剌西亞・拉波斯無畏地笑著。

「您覺得很納悶嗎？」

「……不。」

我短暫思索後，以否定回覆。

王之翼被抹消，原因恐怕是——

「是封印吧。」

「真不愧是提爾大人。」

格剌西亞・拉波斯誇張地拍拍手。

意思就是我說對了吧。

——封印。

這傢伙的專長是封印。

不只是記憶。

他的封印對於魔法和能力似乎也能起作用。

不過他對撒旦妮亞事先擬定的對策，肯定和封印無關。

「不過還真教人吃驚。照理來說應該已完全封印了，但短短一瞬間您又再度展開王之翼。果然您適應醒血之後，封印已幾乎無效了啊。」

雖然只是短短一瞬間，但王之翼被消除會使得戰鬥力下降，還是相當棘手。

我這麼想著的時候——

「別看格刺西亞．拉波斯。」

撒旦妮亞如此說道。

下一瞬間，我注意到格刺西亞．拉波斯朝撒旦妮亞轟出光束魔法。

難道他在牽制撒旦妮亞，要她不准多嘴？

撒旦妮亞用翅膀抵禦魔法攻擊。格刺西亞．拉波斯的封印似乎無法封印撒旦妮亞的翅膀那類與生俱來的事物。

（……別看格刺西亞．拉波斯？）

撒旦妮亞這麼說。

我思考了這句話的意思，察覺到一件事。

換句話說，那傢伙本身就是封印的術式……？

光是看著格刺西亞．拉波斯，持有的種種能力就會被他封印嗎？

既然這樣——

（……只要不去看……）

只要不用視覺捕捉格刺西亞．拉波斯的身影，封印這棘手的能力就……

（——形同不存在。）

我閉起雙眼。

格刺西亞．拉波斯逞強般笑道：

「哦？您這樣真能與在下交手嗎？」

「為什麼你覺得我辦不到？」

得意忘形的傢伙到底是誰？

雖然我自覺自身的力量尚不完全，但我繼承了六百六十六片翅膀的王之血統。

這惡魔只不過是區區極星一三將軍，有什麼資格叫囂？

我集中意識。

拋棄視覺。

藉此提升其他感官的敏銳度。

教官的氣息。

撒旦妮亞的氣息。

以及格刺西亞・拉波斯的氣息。

即使閉著眼睛，我也對他們的所在位置瞭若指掌。

（而且還不夠……）

需要更多力量。

喚醒更多力量。

王之力可不只有這點力量。

不可能只有這種程度。

憎恨吧。

怨恨吧。

眼前的敵人奪取了我的回憶。

與惡魔之間的回憶也許根本不值一提，儘管如此，撒旦妮亞對我等同養母。

（——————）

被棄置在帝都郊外的森林後，我不知道自己為何置身該處。

只記得名字，失去除此之外的所有記憶。

那讓我害怕不已。

不停哭泣著。

我是禁忌之子、惡魔之子。

也許這個世界上沒有人歡迎我的誕生。

不只是不受歡迎，甚至遭人摒棄，也許我因此被拋棄。

那時候我這麼想著，在帝都四處遊蕩。

直到孤兒院收留了我。

在這之後我與教官相遇，得到莫大的救贖。

儘管如此，空白的過往記憶依舊在我心中種下了一片空虛。

但是今天我明白了。

我的過去絕非一片空虛。

有人曾經愛過我。

明知不是自己的孩子，卻一直以來掛念著我。

我再次受到救贖。

光是知道自己的過去並非空白，我就覺得幸福了。

所以——

為了守護給我那份幸福的存在，我決定——

（……結束這場戰鬥吧！）

喚醒達成目的所需的力量。

看見了王之翼的全新可能性。

——分離。

我命令六百六十六片王之翼與自身分離。

使盈滿魔力的王之翼停留在自己身旁。

從第三者的角度來看，就像是大量的樹葉飄浮在我身邊。

「……您究竟……在做什麼？」

格剌西亞·拉波斯的語氣充滿警戒。

我不理會他，將每一片王之翼的尖端指向格剌西亞·拉波斯。

王之翼雖然不堅硬，但是十分銳利。

我命令尖端紛紛指向格剌西亞·拉波斯，瞄準他。

儘管閉著眼，但只要掌握氣息的位置就不可能射偏。

「——嚐嚐緊追不捨的刀刃風暴吧。」

「原來如此……沒想到竟如此……！」

下一瞬間，密集有如豪雨的王之翼，筆直殺向格剌西亞·拉波斯。

於是——

「……看來結束了啊。」

撒旦妮亞來到我身旁。

她凝視著某一處。

我也看向該處。

遭到無數王之翼千刀萬剮而瀕死的格剌西亞．拉波斯躺在該處。

距離死亡已經不遠了吧。

不只是全身皮膚，連翅膀也全被剮除，那模樣只能用悲哀來形容。

創造出這幅慘狀的六百六十六片王之翼已收起。

戰鬥結束。

「咕哦……」

格剌西亞．拉波斯氣若游絲地咳出鮮血，將失焦的視線投向我。

「真不愧是提爾大人……看來在下實在不是對手啊……」

「回答我，你們惡魔為什麼要捨棄我？」

「這個嘛……您覺得是為什麼呢……？」

「你想隨口搪塞？」

「咕哈哈……理由等等……不過是後來添加的……」

格剌西亞．拉波斯口中說著意義不明的話。

「一切的結果……全都已經注定……提爾大人除了循著命運不斷向前邁進，別無其他道路……」

「……你到底想說什麼？」

「不知道比較好……您也用不著知道，天命自會追尋提爾大人。」

不行，根本莫名其妙。

但是這傢伙肯定持有重大情報。

……施以最起碼的治療保住他的性命，再委託協會的諜報機關拷問他吧？

但在我浮現這個念頭的下一瞬間，這個想法馬上失去意義。

「那麼，提爾大人……有朝一日再度相會吧……」

搖搖晃晃地起身。

格剌西亞．拉波斯詭異地緩緩站起來，傷勢在這瞬間痊癒。

被剝下的皮膚恢復原狀，就連翅膀也全數長齊。

「什麼……！」

「雖然出乎預料，但這也同樣合乎計畫。撒旦妮亞卿就送給您吧。」

只留下這句話，格剌西亞．拉波斯便欲展翅飛離。

雖然搞不懂他的傷勢為何恢復——

「——別想逃！」

我展開王之翼，打算追上去。

但是——

「提爾大人，這時請您放在下一馬，否則在下會封印那邊那個女人的所有記憶，您覺得無所謂嗎？」

「嘖……」

教官的記憶被他當作人質，我就無法出手了。

格刺西亞．拉波斯笑了。

「沒錯，這樣對了。雖然卑鄙的談判並非在下的喜好，但不這麼做恐怕無法平安逃離，望您見諒。」

——那麼，後會有期。

語畢，惡魔老紳士這次真的振翅飛離了。

「……小提，對不起，因為我……」

「這樣講不對……教官沒做錯任何事。」

讓他逃走確實令人不愉快，但是既然度過了危機，這樣也無所謂。

更重要的是，為何那傢伙的傷勢完全復原……？

「他似乎封印了自身的死亡啊。」

這句話出自撒旦妮亞。

「……妳說什麼？」

「就是我說的意思。那傢伙似乎封印了自身的死亡，變成不死之身了。」

什麼跟什麼啊……

「不過他封印了死亡後消耗絕大部分的魔力，所以只能選擇撤退吧。」

藉由封印死亡逃過一死，簡直超乎想像。

因此失去一個情報來源，可謂損失慘重。

不過，還有另一個情報來源。

——撒旦妮亞。

出現於夢中的保姆。

守護著嬰、幼兒時期的我——相當於我的養母。

「哎，能擊退格剌西亞．拉波斯就算是萬幸了。做得真好。」

撒旦妮亞抬頭仰望我如此說道，那張稚氣的臉上浮現笑容。

「我有些事要問妳。」

「什麼事？」

「首先要重新確認……」

我緊張地問道。

「妳就是我的保姆，是嗎？」

「啊，的確如此……還是嬰兒的你被交到我手上，我一直照顧著你。」

撒旦妮亞面露懷念神色回答。

「也許是因為我沒有孩子吧，更覺得你非常寶貴。自從與你分開之後，我還是一直思念著你，就連一時半刻都不曾忘記。」

「……這樣啊。」

心頭再度湧現受到救贖的感受，我對她問道：

「我……現在明白妳是為了我而背叛惡魔，但是剛才妳為什麼想和我跟教官戰鬥？為什麼要用激將法，說什麼想知道答案就要先戰勝妳？」

「那單純只是想測試你們的實力而已。」

「妳之前一直賣關子直到這個狀況發生為止，又是為什麼？」

「我有賣關子嗎？」

「明明有吧？讓我成長回溯至今都過幾天了？如果打從一開始就是自己人，讓我成長回溯的當天就對我解釋清楚也沒關係吧？」

「是這樣沒錯。不過，對我而言有困難。」

「為什麼？」

「……我害怕被你拒絕。」

撒旦妮亞表情凝重地說道。

「就算表明了我的立場與想法，也無法保證你一定會接納我吧？因此，我優先強化你的實力——」

「並在心中慢慢建立有朝一日要表明身分的決心？」

「就是這樣。」

「……我懂了。」

她並非無緣無故就賣關子拖延時間。

撒旦妮亞也有她的煩惱吧。

表明一切後，最後是否能被我接納？

萬一遭到拒絕該怎麼辦——就有如告白前天夜裡的少女。

沒想到她其實在煩惱這回事。

看來她的感性出乎意料地普通。

「太愚蠢了。就算妳在那一天對我坦白一切，我十之八九同樣不會拒絕妳。」

「但你也沒把握百分之百會接納我吧？從結果來看，我的選擇沒有錯。」

……也許真如她所說。

「然後呢？還有其他想問的嗎？」

「有。」

最重要的事。

「為什麼要把我棄置在人類的勢力範圍？」

「這……」

撒旦妮亞表情為難地垂下臉。

「那不是出自妳的意志吧？剛才格刺西亞．拉波斯說一切都是為了未來。」

「這個嘛，老實說我也毫不知情。」

「……毫不知情？」

「嗯。我知道將來必定會與你分開，但是，為什麼必須送你離開，我沒有接到任何說明，而且至今仍舊不明白。我可說完全是個局外人。」

撒旦妮亞這種等級的惡魔也是局外人……？

「哎，正因如此我才會放棄待在惡魔的陣營，把更重要的事物放在優先順位。」

撒旦妮亞說完，擺著手示意要我蹲下。

我雖然納悶地歪過頭，不過還是在她面前單膝跪地。

然後——

「你長得這麼大了啊。」

「！」

撒旦妮亞溫柔地把我的頭擁入懷中。

事出突然讓我嚇了一跳，但我立刻鎮定下來，也沒有任何抗拒的念頭。

「坦白說，我那時不願意和你分開。」

「……這樣啊……」

「但是，當時的我沒有勇氣反抗。當時的我不覺得為了留住你而與所有惡魔為敵也沒關係，真是懦弱啊。」

「……這不能怪妳。」

「我失去你之後才發現這種想法不對。在你被迫走進讓莫名其妙的力量擺弄的命運之前，只要我那時先帶著你逃走，也許就不會演變成現在這般彆扭的重逢。」

「……妳不該責備自己。」

撒旦妮亞肯定沒有做錯任何事。

當時束手無策也是當然的吧。為了保護某項事物而捨棄除此以外的一切，要立下這種決心可沒有那麼簡單。

所以她絕對沒有必要為此後悔，或是為此自責。

「……你願意原諒我嗎？」

「我根本沒生氣。」

「……你長成一個善良的孩子啊。」

「小時候的我是壞孩子嗎？」

「不……一直都是個善良的孩子。」

我們對話時，我一直任憑撒旦妮亞摟著我的頭。

另一方面，教官——

「我、我……是不是先回去比較好？」

她像是覺得很尷尬，顯得有些坐立難安。

終章　狹小的家中

在那之後，我們為了報告遭遇格刺西亞．拉波斯一事，前往葬擊士協會帝都分局。

當然撒旦妮亞並未與我們同行，但也非就此分道揚鑣。

「既然無處可去，總之先在我家過一晚吧？」

接受了教官的提議後，便請撒旦妮亞先前往教官家。

因為請她在我們返家前先自行回家，聽說突然見到撒旦妮亞來訪，讓莎拉小姐大吃一驚。我滿想親眼看看她的反應。

哎。

歷經一波三折。

——隔天早上。

揮之不去的悶熱讓我醒了過來。類似明明正值夏季卻在睡前蓋上不符時節的毛毯般的悶熱感。

（到底是怎麼了……）

我稍稍抬起眼皮。

天氣不可能一大早就這麼熱。

倘若帝都的氣候突然轉為熱帶性氣候還能解釋，但這實在不可能。

換言之，有某種散發熱量的東西正緊貼著我吧。

（——該不會……）

突然間，一種可能性掠過腦海。

我維持著仰躺的姿勢，緊張地確認自己的身軀。

於是——

「！」

如我所料，「那個」就在該處。

乍看之下是人類女童的樣貌。

但是自額頭長出的兩根角，以及長滿在背上的無數翅膀，否定了她是人類的可能性。

儘管她毫無疑問是惡魔，但也是為了我而背叛惡魔陣營的養母。

前極星一三將軍——撒旦妮亞。

像是要覆蓋我的身體般，她趴在我身上沉睡著。

（這傢伙……原本不是打地舖嗎……）

因為教官家算不上多麼寬敞，最後決定讓撒旦妮亞在我的房間借住一晚。

因此她才會像這樣與我睡在同間房裡……

（怎麼會變成這樣……？）

故意的嗎？

或者單純只是睡相太差？

這兩個問題還不是重點，重點在於——

（重點是……這傢伙為何沒穿衣服啊！）

沒錯。

撒旦妮亞身上什麼也沒穿。

並非只穿著內衣褲這種程度，而是一絲不掛。

「嗯喵……？」

這時，撒旦妮亞醒了。

撒旦妮亞悠然揉著眼睛，打了個大呵欠。

「嗯……你也醒了啊？」

隨後她與我四目相對，抿唇露出輕柔的微笑。

「早啊。」

「現在是道早的時候嗎！」

「……唔？」

「為什麼妳會趴在我身上！」

「喔喔，那是我睡相不好。」

「那為什麼沒穿衣服？」

「衣服？哦，還真的沒穿。」

撒旦妮亞先是訝異地反問，但隨後再度輕笑。

「哎，這也是睡相問題。」

有這種壞習慣的，教官一個人就夠了。

「怎麼了？我裸體趴在你身上讓你很傷腦筋？」

「這、這是當然的吧！」

「哦～會對這種狀況害羞啊？」

挑逗地如此自言自語的同時，撒旦妮亞把手擺在我的腹部，以伏地挺身般的姿勢撐起上半身。

這麼一來，剛才看不見的撒旦妮亞的正面自然而然跟著映入眼簾。

綢緞般的長髮與朝陽投入室內的刺眼光線恰巧遮住了危險部位，不過我實在難以持續直視這膚色占了大部分的景象，立刻挪開視線。

「咿嘻嘻，好可愛啊。」

「快、快點讓開！」

「不可以對這種老太婆的身體起色心喔？」

「我才不會起什麼色心！總之妳快點讓開！」

「哎，就這樣放過你吧。」

撒旦妮亞說完便離開我的身軀上方，將散落在地面上的衣物一一穿回身上，轉眼間就變回眼熟的歌德風黑洋裝打扮。

「好，你也差不多該起床了吧？不可以睡回籠覺喔。」

「……用不著妳說我也會起床。」

我下了床，準備脫下睡衣換裝。

「哪件？我來幫忙吧。」

「不用了。」

「小時候的你明明一直吵著要我幫忙啊。」

「我不是小孩子了。」

「沒這回事，還是小孩子。」

撒旦妮亞的話語聲平穩。

「不管過了多久，對我來說都一樣。」

「我是很感謝啦……但我明明不是妳親生的，真虧妳能如此溺愛。」

「也許正因為不是親生的啊。許多種情感混合在一起。」

……我想這部分還是不要深究比較好。

「話說回來……關於我的親生母親，妳知道些什麼嗎？」

「抱歉，我不知情。我完全是個局外人。」

「這樣啊。」

被指定為保姆的撒旦妮亞毫不知情。

路西法究竟在打什麼算盤……

在這之後，我和撒旦妮亞來到客廳。

「小提早安，還有撒旦妮亞也是。昨晚睡得好嗎？」

教官正在客廳準備早餐。

今天在這之後她應該也會去完成委託吧，不過現在還穿著女僕裝。

「哼，不要隨隨便便向我搭話。妳這外貌協會的角色扮演老太婆。」

「妳、妳說什麼……？」

「竟敢對這孩子毛手毛腳。我還沒有認可也不會承認喔。」

「什、什麼跟什麼嘛！我哪有對他毛手毛腳！」

「哼，妳自己心裡有數。」

撒旦妮亞雙手抱胸，氣憤難平。

……雖然方向性不同，不過她和教官一樣，對我過度保護啊。

「啊，是小妮亞耶！早安！」

這時，莎拉小姐繼我們之後起床來到客廳。

「咿嘻嘻，今天也同樣可愛耶～！」

莎拉小姐抱住了撒旦妮亞，還用臉頰磨蹭……

據莎拉小姐所說——昨天我和教官抵達家門之前，她與撒旦妮亞兩人獨處的那段時間內，她雖然訝異但也主動向撒旦妮亞攀談，成功加深了兩人的感情。

面對最高階的惡魔也泰然自若，莎拉小姐真是好膽識。

話雖如此，只有莎拉小姐認為彼此關係變好了，撒旦妮亞倒是一副「這人類有夠煩人」的厭煩表情。

「還、還不快住手！不要磨蹭我的臉頰！」

果不其然，是這樣的反應。

「有什麼關係嘛～我和小妮亞都這麼熟了。」

「不要叫我『小妮亞』！」

「咿嘻，不然喊妳一聲『媽』吧？」

「更討厭！」

……能戲弄撒旦妮亞的，全天下恐怕只有莎拉小姐一人吧。

該怎麼說才好？

總而言之……

在這之後，教官將早餐端上桌，我們圍繞著餐桌。

「差強人意。」

撒旦妮亞品嚐了教官親手做的荷包蛋，如此評論味道。

「不過還有待改進。居然讓提爾吃這種程度的東西，究竟有何居心？」

「批、批評得好慘……」

教官的反應雖然有些沮喪，但緊接著便重振精神，開口提出疑問：

「話說撒旦妮亞，更重要的是妳接下來有什麼打算？」

這一點我也很好奇。

依她現在的狀況應該無法再回到惡魔陣營了吧。

既然如此，與人類陣營為伍應該是合理的選擇，但是，她只要在大眾面前現身肯定會引發大騷動。

為了避免這種事態，我目前還沒有向上頭報告撒旦妮亞的存在。

處於完全隱匿的狀態。

「對此的回答只有一個。」

像是除此之外沒有其他選項，撒旦妮亞接著說。

「我會選擇待在提爾的身邊。我是為此才背叛惡魔。」

「意思是住在這裡？」

「就是這樣。雖然有大約兩名礙眼的傢伙，但這也是沒辦法的事。」

「……趕妳出門喔？」

「不好意思。」

撒旦妮亞比想像中聽話。

「哎，算了……不過，妳要住在這裡也許有些困難。」

「畢竟這個家很小。」

「不是這個問題，妳一直待在這裡，這模樣被人看見只是遲早的事。既然有角和翅膀，在大眾眼中妳就只是個惡魔。妳的存在一旦曝光就麻煩了。」

「不然這樣吧？」

撒旦妮亞說完便展開魔方陣，對自己施展了某些魔法。

剎那間，兩根角與翅膀從撒旦妮亞身上消失無蹤，外貌看起來只是個人類女孩。

「雖然不如擬態魔一樣變化自如，但這種程度的變化還難不倒我，這樣子應該就沒問題了吧？」

「……哎，這樣應該沒有問題吧。」

她的長相已經曝光的可能性雖然不是零，但至少一般人不知道撒旦妮亞的長相。只要不靠近高階葬擊士的聚集處，這副模樣應該足以安全度日。

「就這樣了，妳必須讓我住在這裡喔，可以吧？」

「我明白了……我就允許吧。」

最後教官如此說道。

對教官而言這肯定是個危險的選擇。恐怕她是尊重我和撒旦妮亞之間的關係，才會為我們做出這樣的決定。

心頭只有感謝而已。

「教官，真的很謝謝妳。」

「不會，這點事不算什麼（……我真正想養的只有小提就是了）。」

「嗯？」

「沒、沒事啦。」

教官不知想隱瞞什麼而這麼說著，撒旦妮亞則是面露喜色說：

「提爾，這樣一來我們又能在一起了。」

「不能對教官她們造成太多麻煩喔。」

「唔，你站在她們那一邊嗎？」

「我沒有特別偏袒誰吧……」

這種怪物家長般的思考大概出自對我的關懷吧，但是一考慮到往後就令我不安。不

過，能像這樣與過去盡心撫養我的撒旦妮亞再度一起生活，坦白說我很高興。

雖然要填補空白的十幾年想必絕非易事——

（總之就從試著好好相處開始做起吧。）

※

「小提看起來很高興，真是太好了。」

我沒有對著任何人低聲說道。

其實我的低語聲不會被任何人聽見。

因為此處並非屋內。

只是在出門工作的半路上自言自語罷了。

小提和撒旦妮亞。

能與養母重新相遇，小提表面上看來雖然有些冷淡，但我覺得那完全只是表面上而已。

就像要對父母表達平日的謝意會讓人害臊一樣，他只是沒有將他對撒旦妮亞的心情化為言語。

能與童年時的養母重逢，不可能不開心。

（哎，不過對我來說好像是個大麻煩……）

因為撒旦妮亞的身分就相當於小提的母親。

對我來說，說穿了有如婆婆一般。

馬上就把我煎的荷包蛋批評得一文不值，讓我有點沮喪。

如果我最近沒有努力鍛鍊家務與料理技能，肯定會被她挑剔得更慘吧。唉，幸好之前有經過一番特訓。

「不過……也不能一直費心在練習家事和料理啊。」

昨天與格剌西亞．拉波斯那場戰鬥，我毫無貢獻可言。

徹底體會到自己的無力。

不，早在更久之前就已經明白了。

就連面對阿迦里亞瑞普特都束手無策。

雖然拿到了「六翼」的位階，但終究還是有落差。

和「七翼」的怪物們之間，有落差存在。

以小提為首的「七翼」葬擊士，個個都超乎人類的常識。

我也必須抵達那個領域才行。

否則就無法站在小提身旁。

我覺得沒有資格。

（……現在這樣子，和小提的未來只是遙不可及的夢想。）

我想成為與他對等的存在，不能滿足於這樣的現況。

在家事與料理技能之後，還要提升戰鬥力才行。

唉……雖然不曉得要與小提成為戀人得等到何年何月……

「不過，我會為了修成正果而努力的！」

加油啊，米亞！我這樣激勵自己，今天同樣為了完成委託而上路。

好啦，區區的委託就盡早收拾掉吧。

因為我想早點回家見小提嘛。

後記

第三集！因為出到第三集是我成為職業作家後想達成的目標之一，這實在令我很開心。雖然這完全是我個人的感想，不過，只要出到第三集就能勉強稱得上「系列作」的規模了。

就讀者的角度來看，只有一集當然稱不上是系列，只有兩集也稍嫌寂寥，不過持續出到第三集就有種「哦？這套作品還有出喔」的感想。

言歸正傳，來到第三集了。原稿其實在第二集發售之前就幾乎已經完成了。時節正值酷暑，早在甲子園開打之前就已經交稿。最後能夠平安問世真是太好了……能將本書如此呈現於讀者眼前，讓我鬆一口氣。

在這集中，俗稱的「蘿莉老太婆」花上不少篇幅後隆重登場，不知各位是否中意？因為這個作品並非奠基於現實世界而是幻想世界，每次有新的年長女角登場時，我就希望能漸次加深這方面的色彩。比方說各位不覺得獸人大姊姊很棒嗎？一想就覺得夢想漸漸膨脹。不過要怎麼把膨脹的夢想塞進現實的框架中，又是另外一回事。

……不，只要硬推也許勉強行得通喔？

總而言之，這次的主題是蘿莉老太婆。因為蘿莉老太婆的年歲夠長，很方便賦予豐富的背景，就角色而言，精緻度與表現都格外紮實且豐富，綜觀各作品似乎都有這種傾向。如果撒旦妮亞在這樣優秀的角色群之中能占有一席之地就太好了。

同時，米亞也同樣會好好努力下去。在日常生活中的成長應該足以令人刮目相看吧。其他女角們也同樣吵吵鬧鬧，感覺應該會比想像中更加熱鬧。我也希望能維持這樣的氣氛。

接下來要獻上謝意。誠心感謝與本書出版有關的各界人士，特別是對小林ちさと老師更是有說不完的感謝。每次要構思新的女角造型肯定十分辛苦，但希望您今後仍陪伴本系列繼續走下去。

同時也十分感謝各位讀者。

那麼希望有朝一日能再次相會。

神里大和

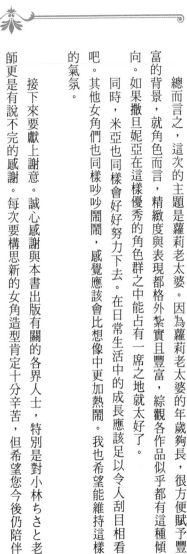

最終亞瑟王之戰 1~3 待續

Kadokawa Fantastic Novels

作者：羊太郎　插畫：はいむらきよたか

奪回棲身之所，摧毀虛假正義——
此刻正是梅林覺醒之時！

人總是在失去重要寶物之後才懂得珍惜。受到率領魔女與崔斯坦卿，打著「正義」口號的亞瑟王候選人——片岡仁的襲擊，瑠奈身受瀕死的重傷。透過曾經是湖中貴婦的冬瀨那雪協助，凜太朗前往探尋真正的力量，與身為魔人的另一個自己展開對峙！

各 **NT$250/HK$83**